即死チートが最強すぎて、
異世界のやつらがまるで相手にならないんですが。
12
藤孝剛志
Illustration
成瀬ちさと

contents

ACT1

ACT 2

Character

Tomochika Dannoura

高校二年生。夜霧のクラスメイト。見た目は美少女で胸も結構大きいが、言動で残念がられているツッコミ担当。夜霧と同じく《ギフト》のインストールは受け付けなかったが、壇ノ浦流弓術という弓術から派生した古武術を習得している。

Yogiri Takatou

高校二年生。常にやる気なさそうな感じで学校では寝てばかりいたが、真剣な表情をすると、意外とイケメン。この世界特有の力《ギフト》のインストールは受け付けなかったが、元の世界にいた時から《即死能力》を持っていた。別名AΩ《アルファオメガ》。

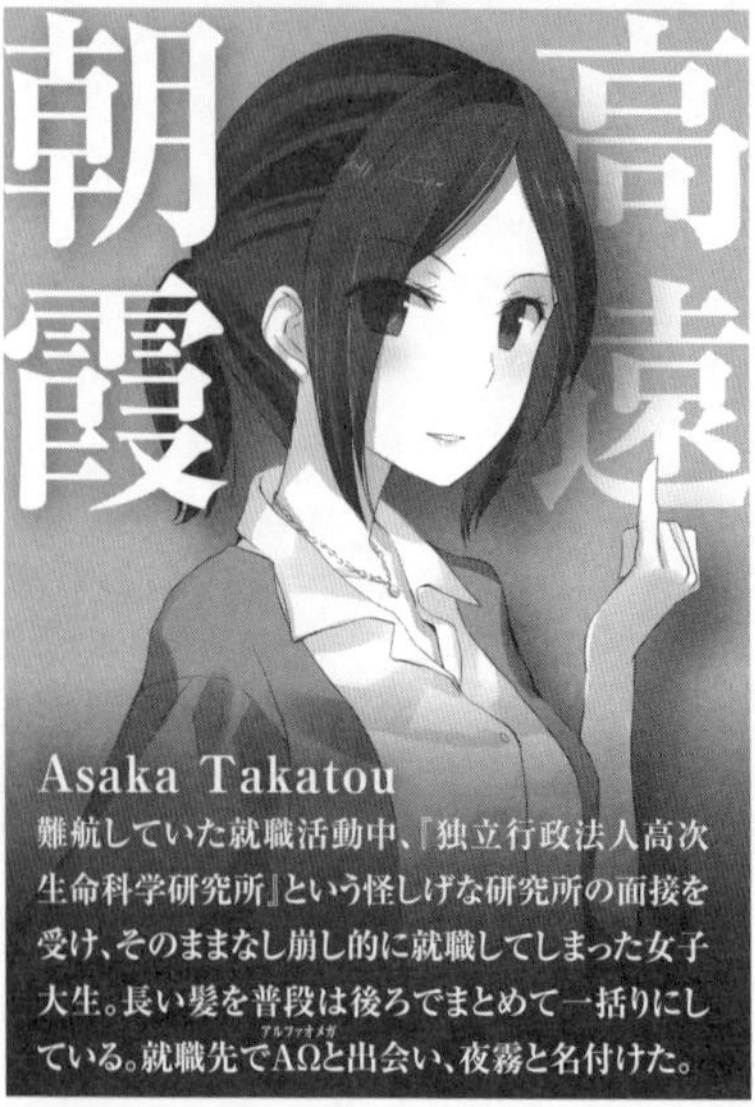

Asaka Takatou

難航していた就職活動中、『独立行政法人高次生命科学研究所』という怪しげな研究所の面接を受け、そのままなし崩し的に就職してしまった女子大生。長い髪を普段は後ろでまとめて一括りにしている。就職先でAΩ《アルファオメガ》と出会い、夜霧と名付けた。

Mokomoko Dannoura

知千佳の先祖で背後霊。平安時代の幽霊で、壇ノ浦流弓術中興の祖……らしい。知千佳の姉にそっくりな容姿をしており（かなり太っている）、衣装は白い狩衣《かりぎぬ》っぽい着物を着ている。なにげにデジタルテクノロジーに精通している。

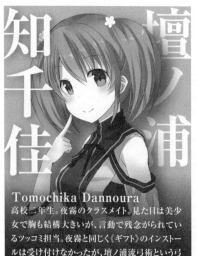

Carol S. Lane

夜霧たちのクラスメイト。高校入学に合わせて日本にやってきたアメリカ人。諒子と同じく夜霧の監視任務についていたが、所属は『機関』。こちらの世界でのクラスはニンジャで、戦闘時は赤いニンジャ装束を着て額当てを着けている。武器は忍者刀。

Ryouko Ninomiya

夜霧たちのクラスメイト。実は夜霧を隔離していた『研究所』から派遣され、夜霧の監視任務についていた。スマホに夜霧の監視ツールがインストールされている。元の世界では忍者だが、こちらの世界でのクラスはサムライで、戦闘時は羽織袴に二本差し。

Haruto Outori

夜霧たちのクラスメイト。実は代々異形の血を受け継いでいる鳥の獣人。背から翼を生やし空を飛ぶことができる。王都でほとんどのクラスメイトが死んだ中、重傷を負っていた春人は翼があったことでザクロという神に助けられ、その手伝いをしていた。

Daimon Hanakawa

夜霧たちのクラスメイト。以前も召喚されたことがあり、回復術士《ヒーラー》としては最高レベルの九十九だが、これは人間としての種族限界で、この世界ではそれほど強くはない。小太りなオタクで、ござる口調で喋る。それとは別に、性癖がキモイ。

Character

Luu

夜霧たちが集めていた賢者の石がくっついて人の姿になった女神。最初は赤ん坊だったが、七個の賢者の石がくっついた結果、十二歳程度の外見になった。その後、別の場所で賢者の石がくっついた自分と融合するが、全て夢だったことにされてしまい……。

Shigeto Mitadera

夜霧たちのクラスメイト。こちらの世界でのクラスは預言者《オラクルマスター》。運命を予見する能力だが、預言書が示すのは攻略情報のようなもので、イレギュラーな状況を知ることはできない。賢者を倒すため世界剣オメガブレイドを手に入れたが、逆に剣に操られた。

Kouryu

マルナリルナに敗れてこの世界の神の座を追われた旧神の一人。十二人いた降龍も現在は彼一人となっているため、種族名を名乗っている。普段は少年の姿だが、東洋風の龍の姿にもなれる。夜霧を利用してマルナリルナを排除し、世界の管理権を奪取した。

Sion

夜霧たちのクラスをバスごとこの世界に召喚した賢者。見た目は二十歳程度。自身も昔召喚されて冒険の末賢者になったが、絶大な力を持った影響で感性がズレてしまっている。夜霧と直接対峙した際の経験で夜霧の力を身をもって知っている。

即死チートが最強すぎて、異世界のやつらがまるで相手にならないんですが。

ACT 1

1話　今どき、ループとかやり直しとかずいぶんとありきたりで安っぽい展開でござるよね！

広大な草原のただ中にぽつんと存在している観光バスの中。

賢者シオンと、修学旅行中の生徒たちが対峙《たいじ》していた。

「さて。落ち着かれましたか？」

今のシオンには以前のように傍若無人な様子はなく、クラスメイトの皆が本当に落ち着いて静かになるまで待っていた。

「何なんだ！　あんたは！」

静かになったところで担任教師が立ち上がり、シオンに食ってかかった。シオンを見た瞬間は引きつった顔をしていた教師だが、殺されたような気がするのはただの夢だと折り合いをつけたのかもしれない。

シオンが掌を教師へと向ける。

知千佳《ともちか》は、その先に起こることを思い浮かべた。確か、シオンは担任教師の頭を吹き飛ばしたのだ。

だが、これも前回と異なり、担任教師は再びその場に座り込んだだけだった。

「すぐに死んでしまった人に説明するのは骨が折れそうでしたので、とりあえず眠ってもらいました。運転手さんも本来なら眠っていただくのがスムーズかと思うのですが、バスを動かしてもらわないといけませんのでとりあえずはおとなしくしていてもらえるとうれしいです」

殺された記憶があるのか、運転手がすごい勢いで首を縦に振っていた。

運転手は、シオンの八つ当たりで殺されたはずだったのだ。

「さて。皆さんの間にはわだかまりがあるかと思います。中には殺し合いをしたような記憶がある方もいるでしょう。ですが、皆さんが好戦的になっていたのはバトルソングのクライアントがインストールされた影響です。ですので、ここはお互い水に流しましょうね。それに全ては夢の中の出来事ですので、現実にはまったく関係がありません。夢で殺されたからむかつくとか言うのは頭がおかしいのかと思われますからね」

そう言われて皆がすぐに納得できるとは、知千佳には思えなかった。

だが、今が異世界にやってきた直後なのだとすれば、まだ何も起きてはいないのだ。

これから先に何かが起こる気がするというだけで、クラスメイトを疑うわけにもいかないだろう。

もちろん、先ほどまでの出来事が全て夢だったとはとても思えないので、話半分ぐらいに聞いておく必要はあるのだろうが。

「質問、よろしいですか?」

手を挙げたのは、矢崎《やざき》だった。バトルソングがインストールされたなら将軍のクラスに目覚める少年だ。

「はい。何でしょう?」

「先ほどまでのことは夢だと仰《おっしゃ》る。とりあえずはわかりました。ですが、これからどうなるのですか?」

「そうですねぇ。私もかなり困った事態だとは思っていて、どうしたものかと思っているのですよ。ですが、もう皆さんを賢者候補にすることはありませんので、それはご安心ください。皆さんに危害を加えるつもりもありませんよ」

「確か、我々は賢者候補にするためにこの世界に召喚されたということでしたよね。では、元の世界に戻してもらえるのですか?」

「それが大変申し訳ないことに、私の力では喚《よ》ぶことしかできず、帰すことはできないのです」

バスの中がざわついたが、知千佳はすでに知っていることだった。

シオンは無責任なことに召喚しっぱなしで、帰還させることなど何も考えていなかったのだ。

つまり、先ほどまでのことが夢だったとしても、根本的な解決にはなっていない。けっきょく、この異世界でどうにかして生き抜くしかないのだ。

「……では我々はどうすればいいいと? 賢者候補にするつもりがないのなら何のために喚んだのですか?」

「喚ぶまでは賢者候補にして賢者を生み出そうと思っていたのですが、喚んだ瞬間にその気がなくなってしまったということですね。心変わりにそれほど深い意味はありませんので、単なる気まぐれとでも思ってください」

「気まぐれと言われましても。そういうことであればまた何かの気まぐれで我々に殺し合いをさせることがあるのではないですか？」

「皆さんに危害を加えないことは保証いたします。この世界で不自由がないようにできる限りの力添えをすることも約束いたしましょう」

シオンの言うことなどまるで信用はできないが、今のところはその言葉を信じるしかないのだろう。

少なくとも、夢の中のようにいきなりミッションを始めたりしてはいないのだから、多少はましだと思うしかない。

「もう一つよろしいですか？」

「はい、何なりと」

「見たところ、クラスメイトの何人かがいないようなのですが、これはどういうことでしょうか？」

「そうですねぇ……」

シオンが小首を傾《かし》げる。

どう答えたものか悩んでいるようだが、その視線はバスの後部座席に向いていた。

――え？　もしかして……。

シオンは、クラスメイトがいなくなったのは夜霧《よぎり》の力が関係していると思っているようだ。

「こちらには来ていないということではないでしょうか？　召喚は大規模な術ですので、漏れがあったのかもしれませんね」

シオンはしれっとごまかした。

「さて。まだまだ疑問は尽きないかと思いますが、とりあえず街に向かいましょうか。こんな窮屈なところで質疑応答をしていても疲れますしね。皆さんもまだまだ混乱の最中かと思いますので、詳しい話はもう少し落ち着いてからにしましょう。運転手さん、真っ直ぐに進んでもらえば街に着きますので、バスを動かしてもらえますか」

運転手は素直に運転を再開した。

クラスメイトたちは静かなものだった。

皆それぞれにこの異世界を冒険した記憶を持っているはずで、何も知らない異世界転移直後の高校生よりは肝が据わっているのかもしれない。

知千佳は、このバスの中にあってシオンに対抗できる存在、高遠《たかとお》夜霧を見た。

「いや、この状況でも寝とるんかい！」

夜霧は、バスの後部座席で熟睡しているままだった。

知千佳は、バスがドラゴンに襲われても彼が寝たままだったことを思い出した。

＊＊＊＊＊

知千佳たちは近くの街に到着し、ホテルへと案内された。知千佳たちに何かと便宜を図ってくれた有能コンシェルジュのいるあのホテルだ。

突然三十名近い客にやってこられても困るはずだが、どうにかなったらしくそれぞれに部屋が用意された。

賢者ならこの程度のことはどうにでも融通が利くらしい。

「あー、なんかこの状況に覚えがあるわぁ」

自分に割り当てられた部屋にやってきた知千佳はベッドに腰掛けた。

すると、隣にもこもこが現れた。

「そうそう。こんな感じ」

『うむ。我が初めてお主の前に姿を現した時のことだな』

同じ部屋なのかは定かではないが、以前に泊まった部屋と似たような間取りなのは確かだった。

その時も、ベッドに腰掛けたところで突然もこもこが現れたのだ。

「これ何なの？　今までのことが夢だったたって言われて、はいそうですかってなる？」

『シオンの言い分を鵜呑《うの》みにはできんな。何らかの術中にはまっておるのやもしれぬ。つまりあれだ。新手のスタンド使いが現れたような状況というやつだ！』

「シオンが何かしたってわけじゃないんだよね？」

『さてな。何がどうなっておるのやら見当もつかぬ。勝手にこうなったわけではなかろうし、何者かの意図によるものだとは思うが……。シオンの態度から見るに、あやつもこの状況にとまどっておるように見えたな』

「この状況について相談したいんだけど、高遠くんは？」

バスの中で熟睡していた夜霧だが、さすがにバスを降りる時には起きていた。

寝ぼけた様子だったが頭がはっきりしてくればこの異常事態を理解するはずだし、彼も相談したいと思っているはずだ。

『うむ。呼んでおいたのでそろそろ来るだろう』

もこもこの返答と同時にノックの音がした。

知千佳は立ち上がり、ドアを開いた。

「こんにちは」

そこに立っていたのは賢者シオンだった。

「げ」

「げ、とはひどいですね。悲しくなってしまいます」

「何の用?」

「積もる話もあるかと思いまして。ああ、高遠さんなら一緒に来ましたのでご安心を」

確かにシオンの背後には夜霧が立っていた。

「会議室を用意しましたのでそちらでお話ししましょう」

「会議室?」

知千佳は首を傾げた。内密な話ならこの部屋の中ですればいいだろう。会議室とは大げさなと思ったのだ。

「では参りましょう」

そう告げて、シオンはさっさと行ってしまった。

「どういうこと、これ?」

「さあ? 壇ノ浦《だんのうら》さんの部屋に向かってたら出くわしたんだよ。まあ、あれこれ事情を知ってる奴らもいるし、まとめて話をしときたいんじゃないかな」

知千佳は、夜霧とともにシオンの後をついていった。

「高遠くん、起きた時びっくりしなかった?」

「そりゃね。空に浮いてたはずなのにバスの中だから。何なのこれ?」

「その空に浮いてたのとか、夢だったらしいよ」

寝ていてシオンの話を聞いていなかったのだろう。知千佳はバスでのことを夜霧に説明した。

「で、その夢の記憶をみんなが共有してる？」

「うん。夢だったとしてもそれはおかしいよね」

「だとすると、この状況こそが夢ってことにもなったりしないかな？」

「あー……だよね……一度、夢でした！　ってやられたわけだし、今後何があっても夢なんじゃないの？　って疑問は付き纏うようになるよね……」

「ま、そのあたりの説明とかもシオンがしてくれるのかな？　着いたみたいだ」

しばらく歩いた先にあった部屋にシオンが入っていった。

「あの！　拙者は無関係でござるからして！　さっさと解放していただけないでござるかね！」

続いて入ると、中では花川《はなかわ》が必死の形相で訴えていた。

部屋の中には大きな円卓があり、他にも何人かのクラスメイトが席について待機している。

「どうせ、今この状況でギフトを使えるのは自分だけだし、さっさとここから出て好きにやろうとか思ってるだけだろ。シオン、花川の力を一旦封印できない？」

「あー！　花川くんは前にもこの世界に来たことがあって、前回得たヒーラーの力をそのまま使えるし、奴隷にして人を支配できる首輪とかを持ってるんだっけ！」

「説明セリフをわざわざありがとうでござる！」

「それでしたら大丈夫ですよ。花川さんのように以前こちらに来たことがある方には、インストール時にバックアップデータからのリストアを行ったのです。ですので今の花川さんはギフトを使用できません」

「あぁ！　確かに何も使えなくなってるのでござる！」

花川はしなしなと座り込んだ。

知千佳と夜霧が席につくと、シオンも一緒に席についた。

知千佳は円卓についている者たちを確認した。

花川大門《だいもん》、キャロル・S・レーン、二宮諒子《にのみやりようこ》、鳳春人《おおとりはると》、三田寺重人《みたでらしげと》、賢者シオン、夜霧、知千佳の八人がこの場にいることになる。

重人はじつにバツが悪そうな顔をしていた。世界剣オメガブレイドとやらを手に入れ、知千佳たちの前で散々偉そうな態度をしていたので、合わせる顔がないのだろう。

「このメンバーの意味はなんとなくわかるんですけど、鳳くんって何か関係ありましたっけ？」

夜霧の力を知っている者が集められているのだろうと知千佳は考えた。

「ああ、高遠さんを始末するように依頼したことがあるのです。高遠さんが崖崩れに巻き込まれたのは鳳さんの仕業だったのですよ」

「あれ、お前のせいだったのか」

夜霧が顔をしかめた。

何でも殺して障害を排除してきた夜霧だが、さすがにあの状況には困ったようだ。

「申し訳ないとは思うけど、あれは夢の中のことなんだろ？」

春人は、夢だったことにしてやりすごす気満々のようだった。

「そうですね。夢の中での出来事を今さらとやかく言うのはなしということでよろしいですか？」

シオンがその場にいる全員を見て確認する。

シオン自身もこれまでの行状を蒸し返されるのは面倒だと思っているようだ。

「そこにこだわってたら話が進まないし、俺はそれでいいと思うけど」

夜霧は素直に受け入れているようだった。

「ということは！　拙者のあれやこれやも全てノーカンと言うことで構わないでござるね!?」

花川が円卓に身を乗り出して必死に訴えてきた。

「なんか納得できない感じもあるけど、仕方ないのかなぁ」

異議は出なかったので、夢の中での出来事については水に流すことになった。

「で！　それはそうとして！　今どき、ループとかやり直しとかずいぶんとありきたりで安っぽい展開でござるよね！　このあたりは説明してもらえるんでござるか！」

「私にもわかっていることと、わかっていないことがありまして。そのあたりをみなさんと話し合いたいと思っているのですが……みなさんを、特に高遠さんをお呼びしたのは、高遠さん側についたほうがメリットがあるだろうと思ってのことなのです」

「俺？」

夜霧は、きょとんとした顔になっていた。

2話　総集編でもやるつもりかって感じなんでござるが！

「はい。この状況はお爺様《じい》により引き起こされたものかと思いますし、これから高遠さんとお爺様が敵対する流れになる可能性が高いと私は考えております。そのうえで、高遠さんについておいたほうが何かとお得なのではと考えたというわけですね」

「そのお爺様ってのが、大賢者なんだよね。そんな人と会ったこともないんだけど」

賢者たちは大賢者を頂点とした疑似家族として構成されていて、シオンは大賢者の孫とのことだった。

「ええ。おそらくお爺様も現時点では高遠さんのことを認識してはおられないでしょう。ですが、高遠さんが今までのような行動を続ければいずれはお爺様も高遠さんを邪魔な存在だと認識されるかと思います」

「今までの……なぁ……」

夜霧は夢だったとされているこれまでの冒険のことを思い浮かべた。

こちらは特に何かをしたつもりはないのに、勝手に突っかかってくる相手がいかに多かったことか。

　これまでの例から考えれば、大賢者とやらがちょっかいを出してこないとは言いきれないだろう。

「で、ではシオン殿は拙者たちと敵対するつもりはないんでござるよね！」

「広義の意味ではそうですね。狭義では私が協力するのは高遠さんのみということになりますが、クラスメイトに余計なことをして高遠さんの機嫌を損ねても困りますので、結果的には同じ意味かと思います」

「だったら花川はどうでもいいって言ったら……」

「しゃれになってないでござるからね！　高遠殿はこのシオンという女がどれほどたちが悪いか知らんのでござるよ！」

「言わないけどさ。で、相談って何をどうするの？」

「まずは現状を把握したいのです。そうですね。毎回夢だなんだと言うのもわかりづらいですので、夢だった前回をパート1と呼称いたしましょうか。現時点の状況はパート2というわけです。そしてこの巻き戻り現象はリスタートと呼称するのはどうでしょう？」

「そんなにわかりやすくなってない気が」

　わざわざ言い換えるほどのことかと知千佳は思ったようだ。

「いや。今後また同じ状況になることを想定してるってことですよね？　その際に、前回だとか前々回だとか言っていると話が複雑になってしまう。ナンバリングしておけば間違えにくい」

春人が言う。確かに、この現象が何度も繰り返されるかもしれないのなら、わかりやすいのかもしれないと夜霧も考えた。

「まずはパート1で高遠さんがどのような行動をとったのか。具体的に言えば、何を殺してきたのかについて教えていただけないでしょうか？」

「俺たちの動きを見張ってたんじゃないの？」

「全ては把握できていませんし、私はパート1の途中で脱落してしまったので、その後のことがよくわかっていません」

「それって自分が死んだところまでの記憶しかないの？」

「はい。魔界から溢《あふ》れ出た謎の女神に押し潰されるところまでしか記憶がありません。死んだかと思えば草原で召喚の儀式を終えた直後という状況でした」

「俺も脱落組だな。高遠たちが来て、オメガブレイドが停止して、賢者のなんとかって女たちになぶり殺された」

重人が苦々しく言った。

夜霧は賢者の石を求めて重人と出会い、その場では万能の力の源であるオメガブレイドのみを殺したのだ。

賢者の石を入手できた夜霧はさっさとその場を離れたのだが、その場には重人に恨みを持つ女たちがいた。力を失った重人には為《な》す術《すべ》がなかったのだろう。

「それは仕方ないんじゃないか？」

夜霧は重人と邂逅《かいこう》した時のことを思い出した。

その時の彼は、万能の神器である世界剣オメガブレイドで散々に好き勝手なことをしていたのだ。

「何を殺したかって言われても、俺が意識的に殺したわけじゃないものまでは覚えてないんだけど」

夜霧は天井を見上げながら思い出していく。

最初に殺したのは、バスを襲っていたドラゴン。次は、花川と一緒に空を飛んできた東田《ひがしだ》良介《りょうすけ》と福原禎章《ふくはらよしあき》だ。

彼らには殺意があったので殺した。花川を見逃したのは、情報収集のためと、彼らに比べれば脅威ではなかったからだ。

「その東田さんと、福原さんはバスの中におられましたか？」

「いなかった……と思う」

知千佳が思い出しながら言う。他のクラスメイトたちの意見も同様だった。

「そうですか。やはりパート1で高遠さんに殺された方々はパート2には存在していないようですね。それを確認するためにも高遠さんにお話をお聞きしているわけです」

「そういう意味だとあんたの手足はどうなってるんだ？」

夜霧はシオンへの攻撃を思い出した。

確か部分的に殺して脅迫し、逃げ出した先にいた男へも力を振るったのだ。

男の命がよほど惜しかったのか、その後のシオンは素直なものだった。

「右足首、左足首、右手小指、右手薬指、左手小指、右臑《すね》、左耳朶《みみたぶ》の感覚はありませんし、動きませんよ。動いているように見えるのは念力のような魔法で外部から力を加えているだけですね。立つこともろくにできませんので、立っているように見えるのは浮遊しているだけです」

「あらためて思うに、やってることが怖過ぎるのでござるよ……」

シオンと対峙した時に花川もいたことを夜霧は思い出した。

「もちろん、今さら文句を言うつもりはありません。この程度で済んだのは僥倖《ぎょうこう》でしょう。ヨーイチくんについてもあれで止《や》めていただいたことには感謝しております。魔法の補助があれば日常生活に影響がない範囲ですし」

「で、続きだけど」

まったく恨みに思っていないとは思いづらいが、おくびにも出していないのは確かだった。

クエンザの街に来て猫獣人の少女、ミレイユに出会った。街の案内をされたが連れていかれたのが路地裏で、そこにいたのは主に獣人で構成されたならず者の集団だ。

襲ってきたので殺したが、部分的に殺す練習もしたので何人かは生き残っているはずだ。

ミレイユについては多少は仲良くしていた知千佳の目の前で殺すのはまずいと思い、時間差で殺している。

クエンザの街を出た後は列車でハナブサの街へと向かったが、途中で賢者の少年に出会い、これも襲ってきたので殺した。

「それは賢者のサンタロウさんですね。侵略者《アグレッサー》のロボットと戦っていたとのことですので、間違いないでしょう」

「死んだ賢者もパート2にはいないの？」

「はい、存在していません」

「それは、そんなにすぐにわかることなのか？」

賢者たちは誰もが超絶的な能力の持ち主だろう。姿を消して捜索を逃れる手などいくらでも持っていそうだし、存在しないとは言いきれないように夜霧には思えたのだ。

「はい、この話し合いの前にパート2の世界がどのようになっているのか簡単に調査はしております。賢者の皆様がどこで何をしているのかまではわかりませんが、担当地域の一覧表というのがあるのですよ。パート1ではサンタロウさんの担当だった地域が私の担当になっていますし、サンタロウさんはどの地域も担当していません。ですので、賢者のサンタロウさんはパート2には存在していないと見做《みな》してよいでしょう」

列車は破壊されたが、夜霧たちはハナブサの街にどうにか辿《たど》り着く。そこで出会ったのがクラスメイトの橘《たちばな》裕樹《ゆうき》で、彼は五人の少女を奴隷として従えていた。

夜霧は、襲ってきた奴隷の少女たちを返り討ちにした。その後、裕樹が遠距離から虫をけしかけてきたのだが、これも返り討ちにしている。

他には、ゾンビや襲ってきた街の人、不死機団の団長を名乗るマサユキ、賢者のレインを殺していた。

「橘くんもいないんだよね？」

「だねー。いなくなったクラスメイトは高遠くんの手にかかったものとみて間違いないんじゃない？」

キャロルが気軽に言う。

クラスメイトの存在が消えたとなれば大事《おおごと》だが、彼女にとってはさほど気になることでもないらしい。

「手にかけたって、人聞き悪いよな。こっちは身を守っただけなのに」

「さすがに言い方はもうちょっとどうにかしたほうが、とは思うけど、事実だからなぁ」

知千佳が言う。だがいずれこんな状況になるとわかっていたとしても、夜霧にできたのは力を使って殺すことだけであり、後悔はなかった。

「レインもパート2にはいないんだよね？」

夜霧は念のために確認した。

「担当エリアから考えますと、現状存在している賢者は、私シオン、アオイ、シロウ、アリス、ライザ、ヨシフミ、ゴロウザブロウ、アケミ、ヴァンの九名。存在していないのはレイン、サンタロウの二名ですね」

「あれ？　思ったより賢者が生き残ってる？」

知千佳は意外そうだった。もっと賢者と戦ったような気がしているのだろう。

「ライザとヨシフミから賢者の石は奪ったけど、殺してないな。ゴロウザブロウとアケミは知らないけどヴァンは空中大陸の担当だっけ？」

ライザの体内から石を取り出したが、身体の各所を殺しただけで命までは奪っていない。ヨシフミは元の世界からやってきた狐の影が殺したが、夜霧は手出ししなかった。

「俺はゴロウザブロウとアケミには会ったことがあるが、殺しはしなかったと思う」

重人も賢者の石を集めていて、オメガブレイドを使って取りにいったとのことだった。

「所在がわかっているのはライザとアオイ、あとはヨシフミが帝都のどこかに、ぐらいですね。ゴロウザブロウとアケミの場所はわかりますか？」

「いや……オメガブレイドで転移しただけだから具体的な場所まではわからないな。わかったらどうするんだ？」

「場合によっては敵対する可能性がありますので、動向は知っておこうかと」

現状のシオンにとって、他の賢者も信用できない存在のようだった。

「続けていい？　レインを倒した後は峡谷へ行って、聖王のなんたらの試練とかに巻き込まれて
……さすがに倒した奴全員はキリがないような」

塔で夜霧はかなりの相手に力を振るっている。当然、全てを覚えているわけもなかった。

「そうですね。世界に影響のありそうな重要そうな方だけでいいかと思いますよ」

「そう言われても、誰が重要とかよくわからないし」

夜霧から見れば、敵として目の前に出てきてただ死んでいくだけなので、感慨が特にないのだ。

ただ、印象に残っているおかしな奴らはそれなりにいるので、それらを挙げていくだけでも何かの参考にはなるのかもしれない。

「えーと。峡谷で倒した重要そうな奴だと、金ぴかの魔道士の何だっけ？　塔を作ったとか言ってた奴」

「確か、イグレイシアとか言ったような。高遠くんがろくに話も聞かずに倒した人だよね」

「イグレイシアも死んでいますか。そうなると、その存在が消えたことによってその人物が成した功績などが単純に消えてしまうということではないようですね」

「知ってる奴？」

「直接の面識はありませんが、彼が残したものは枚挙に暇《いとま》がありません。マニー王国王都の城壁などは彼の手によるものです」

「その城壁は今どうなってるの？」

「……見た目はパート1の時と同じですね。性能がどうなっているのかはもう少し詳しく見てみないとわかりませんが」

　シオンが遠くを見るような目になった。どうやら、ここからでも遠隔地を見ることができるようだ。

「じゃあ峡谷にあった塔は？　あれもイグレイシアが作ったとか言ってたけど」

「……何らかの結界はパート1と同じ場所に存在していますね。中に塔があるかまではここからではわかりかねますが」

「その結界って魔神を封じるためとかのやつだよね？」

「そうらしいですね。そちらは剣聖や聖王が勝手に頑張っておられたので、賢者側は関わっていないのですが。我々が戦うのは、異世界からやってくる侵略者《アグレッサー》に限られていますので」

「それなんだけどさ。魔神も異世界からやってきたみたいなことを聞いたんだよ。その昔、大暴れして人類を絶滅寸前にまでおいやったとか。それって異世界からの侵略じゃないの？」

「そうですね。侵略者《アグレッサー》かどうかを決めるのはお爺様なのですが、ざっくりと言ってしまえば、この世界に何かを探しにきた者が侵略者《アグレッサー》と判定されるようです」

　この世界に元から存在する脅威や、外からやってきたとしてもただ暴れているだけの者であれば賢者たちは関わらないとのことだった。

　シオンは知らないようだが、夜霧は侵略者《アグレッサー》たちが探しているものが何かは見当がついている。侵略者《アグレッサー》のロボットが女神の欠片《かけら》と呼んだもの。つまり、賢者の石のことであり、彼らはこの世界に封じられた神を探しているのだ。

「で、その魔神は殺してしまったんだけど、そうなるとその結界は何を封じてるんだ？」

「そちらに関しても何らかの辻褄《つじつま》が合うようになっているのではないでしょうか。結界が存在するのなら、魔神ではない何かを封じているのかと。魔神といえばマニー王国の王都にいた、私を殺した魔神も高遠さんが殺しているのですよね？」

「うん」

「だとすると、そちらにも代わりの何かがいるのかもしれません。王都の地下座標に存在する異世界、魔界もパート1と同様に存在していますので」

「何にしろ封じられてるんなら放っとけばいいのか？」

「けど、その場合は聖王さんはどうなるの？　確か魔神を封じるために身を犠牲にしていたとかだと思うんだけど」

「封印されてるとしてさ。俺らが封印を解かなきゃならないって話じゃないだろ？」

「え？　それでいいの!?」

「いいも何もそんな義理も義務もないだろ。まぁ中がどうなってるかは見なけりゃわかんないだろうけど、そんなこと確認してる場合じゃないような」

「まぁ……とりあえず今後何をするかもまだ決まってないし……」

知千佳はあまり納得していないようだが、夜霧は話を続けることにした。

「で、峡谷を出て王都に行って、王都ではクラスメイトの何人かを倒したな……名前は……」

「名前は覚えてないんだね……」

知千佳が呆れたように言うが、夜霧は殺した相手に興味がなかったわけではなく、そもそもクラスメイトの名前をろくに知らなかったのだ。

「高遠さんが魔界で殺したのは愛原幸正《あいはらゆきまさ》さん、城ヶ崎《じょうがさき》ろみ子《こ》さん、篠崎綾香《しのざきあやか》さんの三名ですね」

シオンは魔界での殺し合いの推移を確認していたらしいので、犠牲者を知っていたのだろう。

幸正は手にした文庫本を読むことで未来を知り、未来を限定的ながらも書き換えることができたらしいが、夜霧はそんな力に覚えはなかった。

ろみ子は死霊を操るとのことで、多少は夜霧にも覚えがあった。もこもこが操られたりしたのだ。

「え？　篠崎さんってバスで死んじゃってましたよね？　あれ？　でもパート2のバスにいなかったってことは高遠くんに？」

意外な名前に知千佳が驚いている。夜霧も名前は知らなかったが、バスの中で少女が倒れていたことは覚えていた。

「魔界で出てきたドラゴンが篠崎さんですね」

「何がどうなってそんなことに!?」

「私も詳しくはわかっていないのですが、元々人間ではなかったようで、バスを襲ったドラゴンを食べてドラゴンの力を得たようです」

「いや、説明されてもよくわかんないんですが」

『ふむ……ということはパート1でバトルソングをインストールされなかったことにはそれぞれ理由があったのやもしれんな』

「え？　じゃあ、桐生《きりゅう》くんも何か理由があったの？」

桐生裕一郎《ゆういちろう》。粗野な態度が目立つ生徒で、夜霧が目覚めた時にドラゴンに串刺しにされていた少年だ。

バトルソングがインストールされず、無能力者としてバスに放置されたのは知千佳、夜霧、綾香、裕一郎の四名だが、三名にインストールできなかった理由があるならば、裕一郎にも何らかの理由があったと考えるのが自然だろう。

『さてな。パート2では生きておるのだから、本人に訊《き》けば何やらわかるかもしれんが』

「で、魔界でいろいろあったけど地上に出て、でかい女を倒して王都を出たんだ」

「あ！　リズリーちゃんが来たのはその時だよね。リズリーちゃんはどうなったの？　レインがいないんだったら……」

「リズリーさん、ですか？」

夜霧は簡単にリズリーについて説明した。

突然やってきて夜霧と結婚したいと言いだした少女だが、その正体はレインの分身であり、レインが作り出した存在とのことだった。

素直に考えるのなら、レインがいないのならリズリーも存在しないだろう。

「なるほど。ですが、存在していないとは言いきれないですね。パート1でイグレイシアが作った物は、イグレイシアがいないはずなのにパート2に存在しているわけですから」

「でも、レインが存在しないのにその分身というのは絶対に無理な話だろうし……となると別の者が作った何か、みたいなことになるのかな」

「気になるようでしたら、リズリーさんについても調査対象に含めておきますが」

「うん。頼むよ」

無関係だと切り捨てるほど、夜霧も冷たくはなかった。

しばらくの間はリズリーたちと一緒に旅をしていたし、多少の交流はあったのだ。こんな状況になって困っているのなら手を差し伸べたいと思うぐらいに情はあった。

「あの！　ちょっといいでござるか！」

「何？」

「総集編でもやるつもりかって感じなんでござるが！　この調子で振り返りながら進められるとえらく時間がかかるかと思うのでござる！」

「そう言われると俺も面倒になってきたな」

ＵＥＧとやらが襲ってきたところがパート1の終わりだとするなら、そこに至るまでにまだまだ紆余《うよ》曲折がある。

ここからさらに語っていかねばならないのかと思えば、夜霧もうんざりとしてきた。

3話　ＲＰＧでよくいる複数同時に倒さないと復活する系の奴だったんだよ

「ざっくりとした調査によるものですが、パート２の世界人口はパート１に比べて約６％ほど減っています。おそらく高遠さんの力の影響でしょう」

「その……あんまり聞きたくはないのですが……この世界の人口っていかほどだったのでござるかね？」

「約十億人程度と考えていただければ」

「えーと、十億の６％ということは……六千万人……だと!?　ドン引きなんでござるが！　いくらなんでもひどすぎるのでござるよ！　チート無双とかで倒していいのは大軍勢を全滅とかでも百万人まででござる！」

「何の基準なんだよ」

そう言う花川の顔は青ざめているように見えた。

円卓を見回してみればクラスメイトたちの顔色は似たようなもので、どこか自慢げな顔をしているのはシオンだけという状況だ。

「そう言われてもな。あいつはＲＰＧでよくいる複数同時に倒さないと復活する系の奴だったんだよ、たぶん。それにさ、ずっと俺たちに付き纏《まと》うみたいなことも言ってたんだ。倒す以外にないだろ」

「どんだけゲーム脳なんでござるか！」

夜霧は船の上で出会った勇者の少年、ホーネットについて話した。

賢者ヨシフミがいるという東の島へと向かう海上でのこと。いきなり海賊が襲ってくる事件があり、さらに船内の人間も夜霧たちを襲ってくるようになったのだ。

どうやらそれはホーネットが仕組んだことらしく、彼には人を操る力があったようだ。

詳細はわからなかったが寄生虫のようなものを人の体内に潜ませたり、自らの分身を操ったりしていたらしい。

何が起こっているのかよくわからないまま船上をうろうろとしていた夜霧たちは、事件の元凶であるホーネットと出くわし対峙する。

ホーネットは、夜霧たちを研究対象として実験動物のように扱うと言ってきた。当然、そんなことを許すつもりのない夜霧はホーネットと戦うことになる。

夜霧なら、いつものように敵を殺すのは簡単だ。

だがホーネットは、世界中に分身がいると言いだした。ここでホーネットを倒そうと、世界中からやってきていずれは夜霧たちを捕らえるようなことを言いだしたのだ。

「しかし、世界中に広がり、誰にも見分けることのできない潜在的な悪意を事前に排除できたのですから、喜ばしいことではないでしょうか？」

　目の前の敵だけを倒すこともできたかもしれないが、それは本質的な解決になっていない。人々が操られているだけなら操っている本体を倒せばいいのだが、全てが同質の存在で夜霧たちを害する意志を持っているのなら、全てを同時に倒すしかない。たいして迷うことなく、夜霧はそれを実行したのだ。

「こんな奴がいるってことを賢者たちは知ってたのか？」

「賢者の間で共有されてはいませんでしたし、少なくとも私は知りませんでした」

　ただ、ホーネットが世界の隅々にまで手を広げていたのなら、賢者の誰かが何かしら気付いていたとしてもおかしくはないだろう。

「僕は……ＵＥＧの手先となり、罪もない人々を殺して回った。それが夢だったことになり、全てがなかったことになって実はほっとしている部分もある。だけど、君のやったことは夢だったことになろうと消えることはなかった。君は取り返しのつかないことをしてしまっている。それについてはどう思っているんだ？」

　春人が夜霧に訊いた。

「特に何も？」

「ってノータイム！　ここはもうちょい苦悩するシーンでござろうが！」

「何で質問した鳳じゃなくて、花川が口を挟んでくるんだよ」

「六千万人殺しといて何も思わないって、いったいどうなってるんでござる⁉」

「そう言われてもな。身を守るために俺ができることをやっただけだ。前にも誰かに訊かれたけど、俺は自殺するつもりはないよ。これからも俺たちを殺そうとする奴がいるなら躊躇《ためら》うことなく力を使う」

　夜霧の存在を迷惑だと思っている者たちは確実にいることだろう。

　しかし、どれだけ犠牲が出ようと死んでやるつもりはさらさらなかった。

「だから、俺に力を使わせたくないのなら、先回りして事件を解決しといてくれよ」

「ヒーローの言い分じゃないでござるな！　いや、高遠殿をヒーローだと認めたわけではないでござるが！」

「ははは、わかったよ。こんな嫌がらせみたいなことを言ってすまなかったね」

「別にいいけど、嫌がらせだったの？」

「そうだよ」

　夜霧は鳳の顔を見つめたが、何を考えているのかさっぱりわからなかった。

「話を混ぜっ返した拙者がこんなこと言うのもなんでござるが、話を進めないといつまで経《た》っても終わらないのでござるよ」

　話をするのが面倒になってきている夜霧ではあるが、一通り話をしてしまわないと現状を整理することも今後の予定を立てることもできない。

夜霧は、これまでの出来事をどうにか思い出そうと頭を捻《ひね》った。

「えーと……船で東の島に行って……」

その後東の島と呼ばれているエントに上陸したが、夜霧たちが辿り着いたのは西側だった。

エントは西と東に分かれていて帝都は東側にあるのだが、西と東は大断裂によって分断されていて、行き来する方法は限られている。

夜霧たちは、いくつかある東へ行く手段の中、一番簡単そうで現実的に思えたエルフの森を通過する手段をとることにした。

東へと向かう途中にもいろいろとあったが、最たるものはマルナリルナの使徒の襲撃だろう。

どういうわけか、この世界で二番目に大きい宗教勢力であるマルナリルナ教の者たちが夜霧たちを狙いはじめたのだ。

「で、どういうわけか東側に行かなくてもエルフの森の中にある遺跡にヨシフミがいて……」

「いや、拙者の大活躍がすっぽりと抜けておるかと思うのでござるが！」

「花川は何かしたっけ？」

「拙者もマルナリルナの使徒になっていたり、マルナリルナを召喚して倒したりとかあったでしょうが！」

「ああ！　そんなこともあったな！」

経緯はよくわからないが、途中で別れたはずの花川もエントにやってきていて夜霧たちの前にいきなり現れたのだ。

再会した花川はなぜかマルナリルナの使徒になっていて、神から力を与えられていた。

花川の使徒としての力は、何でも召喚。

何でもとは言いながらも、召喚対象の同意がなければ召喚できないので、何でも召喚できる可能性だけは一応あるという程度の能力だ。

花川はその力でマルナリルナ神を召喚し、夜霧と戦わせようとしたのだった。

「花川が倒したわけじゃないけどな」

「マルナリルナも始末されたわけですね？」

「いや、一人は逃げ出したから放っといたかな？　どっちがマルナでリルナなのかはわかんないけど」

マルナリルナはマルナとリルナの二人組で、見た目は子供の女神だった。

マルナリルナは即死能力など自分にも使えると言いだし、デモンストレーションとして知千佳を殺そうとしたのだ。

だから、夜霧は殺意のあったほうを殺した。すると、残ったほうはどこかへと逃げ出した。

使徒をけしかけてきていたので逃げたほうも殺すべきだったのかもしれないが、殺意もなく怯《おび》えて逃げ出した相手まで殺すべきかは迷うところだった。

「その後は森を抜けようとしたら、ロボットがやってきて女神の欠片をよこせとか……ああ！　賢者の石がくっついて赤ん坊になったんだよ。あれ、何だったんだ？」

王都でシオンと会った後の夜霧たちの目的は賢者の石を集めることだった。

元の世界に帰るには莫大なエネルギーが必要であり、それを賢者たちが持つ賢者の石で賄えるのではないかということだったのだ。

その賢者の石はリュックに入れてあったのだが、それがいつの間にかぶよぶよとした肉の塊に変化していた。

その肉の塊はさらに変化して、人間の赤ん坊のような姿になったのだ。

「はい。賢者の石は、元々は何処《どこ》かの神を分割したものだと聞いています。女神の欠片で間違ってはいませんね。もっとも、神性は封じられてただのエネルギー源として使用されていたのですが……ということは逃げたというマルナリルナの片割れも死んだようですね」

「そうなの？」

「はい。一体でも残っていれば封印が解けることはなかったはずですし」

「そのあたりの事情がよくわかんないんだけど、その神と賢者には何か関係があったのか？　そもそも神って何なんだよ」

「神とか倒しまくってるのに今さらだね……」

知千佳が呆れたように言うが、もちろん夜霧は相手が神だとか権力者だとかを気にしてなどいな

「そうですね。まず神が何かですが、超越的であり、世界の理《ことわり》にアクセスできる存在、といったところでしょうか。賢者もそれなりに強くはありますが、基本的には神に敵いません。なにせ相手は世界のルールを変えることのできる存在ですから。もっとも、世界のルールを変えられるのはその世界を管理する主神だけですので、よその世界の神がこの世界にやってきたとしても全ての力を出し切れるわけではありませんが」

「マルナリルナが主神だったんだよね？　確か降龍《こうりゅう》からその座を奪った？　でも主神はその世界では強いのなら、別の神が主神になるなんてできるのか？」

「実力差があればできますよ。それにその件にはお爺様も関わっていますし」

「あー。降龍さん、賢者を恨んでるようなこと言ってたけど、それかぁ……」

知千佳は納得しているようだった。確か、初めて出会った時に、降龍は「賢者が死ねば飯がうまい」などと言っていたのだ。

「マルナリルナが主神となり、賢者と神の間には不可侵の条約のようなものが結ばれました。お互いに関わらないことになったのですね。そして、その際にいくつかの神々が封印されたのです。そのうちの一体が賢者の石という形に分割されて、賢者たちに配布されたということです」

「マルナリルナが死んで封印が解かれた。それがルーってことか」

「私も具体的に何が封じられているかまでは知りませんでしたし、賢者の石が勝手に元に戻ろうとするなどとは思っていませんでしたが」

夜霧は、賢者の石がくっついて少女の姿になったのがルーだと、簡単に説明した。

「UEGもいきなり出てきたけどあれも封印されてたやつ？」

「だねー。私ら、諒子と鳳くんもだけど、UEGの手下になっててさ。その時にそんな話は聞いたよ」

キャロルが補足した。

封印していた神への恨みから、その神が管理していたこの世界の生命を全て滅ぼそうとしていたのだという。

「むっちゃ八つ当たりでござるな！　拙者たち、召喚組からすればほぼ関係ないのでござるが！」

「マルナリルナが死んだのなら主神は降龍に戻ったのかな？」

「おそらくはそうでしょう。他に主神候補もいませんし」

「で、パート2の現時点ではマルナリルナのどっちかは生き返ってて、また主神になってる？」

「高遠さんが殺したのが一体だけであればそのとおりでしょう」

「じゃあ、ルーはまた賢者の石状態ってことか。そういえば賢者が減ってるけど賢者の石の総数ってどうなるんだ？」

「一概には言えませんが同じではないでしょうか。余りをヴァンが管理していたはずですので、賢者がいなくなった分は余りが増えているかと」

「賢者の石かぁ……だいぶ集めたのに、また一からになっちゃったんだよね？」

知千佳がぼやいた。

途中からなし崩し的に集まってしまったが、それでも賢者の石を集めるために旅をしてそれなりに苦労して集めたのだ。

その成果が全て無に帰してしまったと思えば、ぼやきたくもなるだろう。

「それでしたら多少はましかと思いますよ」

シオンはどこからともなく透明な丸い石を三つ取り出して円卓の上に置いた。

「前は身体の中から取り出してなかった？」

夜霧とシオンが対峙し、シオンが従者のヨーイチを助けてくれと懇願した時のことだ。その時は自らの心臓を抉《えぐ》るようにして石を取り出していた。

「前回はいきなりでしたのであんなことになりましたが、今回は予《あらかじ》め取り出しておりましたので」

「三つあるのは？」

「私、アオイ、ライザのものです。今後必要かと思いましたので予め回収しておきました」

シオンがなんでもないことのように言った。

「前回の私らの苦労は!?」

「しなくていい苦労はしなくていいんじゃ？」

「そうかもしれないけどさぁ！」

「残りの石もできる範囲で私が集めておきます。高遠さんと対峙したことがある賢者であれば交渉でどうにかなりそうな気はしますので」

「そんなお手軽でいいんだ……」

「集めてくれるってのなら任せるよ。で、どこまで話したっけ。エント帝国でのことはだいたい話したから……そこからさらに東の大陸へと向かって、行ってみたら俺たちは四つの国に分けられたんだ。俺と壇ノ浦さんは一緒の組み合わせで、何かしないといけないのかと考えてたんだけど、ちょっとうろうろしてる間によくわからん奴がまたいろいろやってきて、そいつらを倒してたら、最後に出てきたのがＵＥＧだったかな。あいつがすごいビームみたいなのを放ってきて、ルーが防御したけど地表には大穴が空いてて、俺を殺そうとしたから殺したんだけど……けっきょくあいつは何だったんだ？」

そのうろうろの間に、どこかの国の王子やら王女やら女王やら、神を名乗る者たちやらがいろいろとやってきてはいるのだが、夜霧にはそれほど印象が残っていなかった。

「ＵＥＧですか。おそらくはそれも侵略者《アグレッサー》が探していた封印されし者でしょうね。私たちは、この世界に潜む何かを求めてやってくる侵略者《アグレッサー》を退治していたわけなのですが、具体的に何を守っていたのかは知らないのですよ」

「賢者ってそんないい加減な感じだったんですか!?」

「そういうものだったのですよ。我々はこの世界で好きに過ごす権利があり、その義務として侵略者《アグレッサー》を退治していたということなんです」

「そのUEGが俺たちを攻撃しようとしたから返り討ちにするとこんなことになったってことなんだけど……それでこれからどうするんだ？」

夜霧はこの世界に来てからのことを一通り話し終えた。飛ばした部分は多々あるが、たいした問題ではないだろう。

「そうですね。まずは現状についてまとめましょう。現時点は聖暦１８５２年、陽の節、序の巡、亀の日でして――」

「ちょっと待って!?　この世界の暦ってそんなことになってたの!?」

「そうですが？」

「あれれぇ？　知らなかったのでござるかぁ？　仕方がないですなぁ。ここは異世界歴の長い拙者が解説して」

「あ、別にいい。知りたかったら後で調べるから」

「とにかく今はパート１で召喚を行った日であり、パート２でも同じ日ということですね。パート１で時間がある程度経過した段階で、パート２に切り替わったというところでしょうか」

「そもそも切り替わった理由は何なのでしょう？」

諒子が訊いた。

全てが夢だったと言われてとりあえずは納得するとしても、こうなったのには何か理由があるだろうとは夜霧も思う。

『おそらくＵＥＧの攻撃によりこの星は崩壊寸前だったのだろうな』

「それってどうなるの？」

『ＵＥＧは無数の光弾を生み出しそれを雨のように降らせた。ルーの障壁によって我らは無事だったが、空中大陸はほとんど消滅したし、地表にも無数の穴が空いておった。あれらが全て貫通したとして……この世界は平面なので重力がどうなっているかなどわからんのではっきりとは言えぬが……あの後しばらくすれば大地がまるごと崩壊しておったのではないか？』

「ということらしいんですが」

　知千佳はもこもこの説明を要約して伝えた。

「それと、僕たちは世界中の人々を殺して回った。僕らはそれほどたいしたことはできていなかったけど、ザクロは主要都市のかなりの人間を殺したと思う。つまりこの世界はあの時点で滅亡する未来しかなかったんだ」

　春人が説明する。ＵＥＧは部下を使って世界中の人間を殺させていて、それはかなり進んでいたとのことだった。

「あれ？　じゃあ、大賢者は世界を救ったってことなの!?」

「この現象が大賢者によるものならね」

「はい。私もお爺様の力について詳しくは存じませんが、噂《うわさ》は聞いたことがあるのです。それによれば、この世界はお爺様が見ている夢であると」

「はい？　え？　誰かの見てる夢ってどういうことなんですか？　意味わかんないんですけど!?」

「私も最初に聞いた時は一笑に付しました。お爺様の力が途方もないとは言っても、今私が生きていて、考えているこの状況が夢だと言われて信じられるわけがありません。ですが、実際にこうってみると、それが本当であったのかもしれないと、そう思うようになりましたので、皆様には先ほどまでのことは夢だとお伝えしたわけです」

「夢を見てたのと、私たちが大賢者の見ている夢の中にいるってのじゃ、全然意味が違うよね！」

『ふむ……まあその手の話は古来よりあるものだ。世界が蜃《しん》という貝だか龍だかが見ている夢だとかな』

「そんなのどうしようもないんじゃ！　全て大賢者の掌の上ってことになるじゃない！」

「ええ。ですが、高遠さんの力はこの夢かもしれない世界に影響を与えていますよ？　普通に考えれば滅びそうな世界を救済するのなら元の状態に戻せばいいのです。ですがそれはしていない。つまりお爺様の力は万能ではないということでしょう」

「あ……」

「これが、私が高遠さんに協力しようと考えた主な理由ですね」

　知千佳たちは何か深刻そうにしているが、夜霧は鯨が夢を見ているゲームがあったよなぁなどと思っていた。

4話　どうせ異世界に行くためにトラックに突っ込むことに

「現状の整理を続けましょう。パート1からパート2へと切り替わり、時間が遡ったかのようになっていますが、高遠さんが殺した者はパート2には存在すらしていません。しかし、ある人物が作ったAという物はその人物がいなかったことになっても、別の者が作ったことになるなどしてAとして存在しているのです」

「だったら人口が減ってるのはどうして？　高遠くんが殺した相手が存在できないとして、別の人を代わりに用意すればいいような」

　疑問に思った知千佳が訊いた。

「結果から考えれば知性体は代替できないようです。親がいなくなった場合、子供の存在はどうなるのかなどは気になりますが、そのあたりは詳細に調べてみないとなんともいえないですね。人口の件はパート2での記録を参照したにすぎませんので」

「そういうのは歴史の修正力！　とか言っとけばなんとなく納得されるのでござるよ！」

「あんまり雑にまとめるのもどうかと思うけど、事細かに調べてる場合でもないからなぁ」

できるならパート2の現状についてもっと詳しく調べてから今後の対応を考えるべきなのだろう。だが、夜霧はあまりのんびりしている場合ではないと考えていた。この世界では次の瞬間に何が起こるかまるでわからないからだ。

ここでの話し合いが終わったのなら、早急に行動を起こすべきだと考えている。

「現状の整理と言いましても今わかるのはこの程度のことなのですが、皆さんからは何かありますか？」

「この世界が大賢者の夢だとして、世界を救うために状況をリセットしたとしてさ。何で今日なの？」

「だよねー。この世界が滅びかけたのってほとんど高遠くんが原因なんだから、召喚前に戻せばいいのに」

夜霧の疑問に、キャロルが追従した。

そうしてくれていれば全てが解決したことだろう。

夜霧たちは召喚されないし、賢者たちの想定外のことは起こらず、世界は滅びずに済むのだ。

「おそらくですが、何らかの事象を改変する場合に原因そのものを排除できないといった制限があるのかもしれません。本当に好きなように世界を改変できるのなら侵略者《アグレッサー》がやってくることもないでしょうし。もっとも、お爺様のことですから侵略者《アグレッサー》に関しては、刺激があれば面白いと思ってのことかもしれませんが」

「じゃあ夢だからって何でも好きなようにできるってわけでもないのか」

「推測でしかありませんけどね。それに外からやってくる何者かが関わってくる場合、多少面倒な状況になるのかもしれません」

「というと？」

「そうですね。まずわかりやすいように皆さんを召喚した日時をシンギュラーポイント、パート1の終了時点をパート1エンドポイント、パート2の開始時点をパート2リスタートポイントと呼称いたしましょう」

「この賢者、何かと独自用語を設定したがるでござるな……」

「うん。別にわかりやすくなってない気がする……」

花川と知千佳が珍しく意気投合しているが、シオンは気にした様子もなく説明を続けた。

「パート2リスタートポイントとシンギュラーポイントは同じ日時なの？」

「はい。私のパート2の記憶は召喚儀式が終わり、バスが出現したところから始まっています。若干の誤差はあるかもしれませんが同じとみなして問題ないでしょう。さて、問題となるのはシンギュラーポイントからパート1エンドポイントの間に世界を出入りした場合にどうなるのかですが、この期間は重要なので名前を付けたほうが良さそうですね。では、高遠さんが出現したことによって終末に向かうということで、ターミナルフェイズでどうでしょうか」

「それでいいよ」

異論は特になく、夜霧にすればどうでもよかった。

「ターミナルフェイズ中に外の世界からやってきてリスタートした場合。当然パート2リスタート時には存在していませんので、その存在は消え去ることになるでしょう」

「……その場合、その存在は元の世界ではどうなるんだ？」

「おそらく、この現象はこの世界限定のものです。お爺様の力が途方もないとはいえ、まったく関係のない別の世界にまで影響が及ぶとは考えにくいですからね。つまり、この世界から消えてしまうし、元の世界にも戻らないという奇妙な状況になるわけです。ここからは推測に推測を重ねた考えでしかないのですが、その存在はリザーブされていて、パート1でやってきた日時にあらためてパート2に現れるのではないでしょうか？」

「まあ、はっきりしないことを決めつけるのも危険だよな」

「はい。そんなこともあるかもしれない程度に思っておいていただければ」

そこで少しの間会話が途切れた。他に質問したい者はいないようだ。

「現状についてはおおよそ把握できたかと思います。高遠さんたちの今後ですが、大きく分ければ二つになるかと。一つは、このままこの世界で面白おかしく過ごしていただくというものです」

「え!?　けっきょく帰れないの!?」

「知千佳たん、シオン殿はバスの中でいきなりそう言ってたかと思うのでござるが」

夜霧は寝ていて聞いていないが、矢崎が帰還について質問し、シオンは喚ぶことしかできないと答えたとのことだった。

「この人、本気かどうかいまいちわかんないじゃない！」

「パート2での私は諧謔《かいぎゃく》は交えず、真摯に対応しておりますのでご安心ください。嘘偽りは申しておりません」

「とにかく話を聞くのでござるよ。場合によっては帰るよりもよい話かもしれぬではないですか！」

「えぇー!?　私は花川くんと違って元の世界でやることあるし！」

「失敬な！　帰っても惨めでみすぼらしい人生を送るだけでお先真っ暗、どうせ異世界に行くためにトラックに突っ込むことになるぐらいなら、このままここに残ってたほうがましなどと決めつけないでいただきたい！」

「そこまでは言ってない」

「あくまで私には皆さんを帰還させる力がないというだけです。帰還の可能性については後で述べるとして、まずはクラスメイトの皆さんとこのままこの世界で過ごす場合についてお聞きください。ターミナルフェイズの短い間ではあったと思いますが、この世界が危険に満ちていることは十分にご理解いただけているかと思います」

「十二分に理解できてるよ……」

しみじみと言う知千佳に思うところはたくさんありそうだった。

「ですが、賢者の庇護下にあれば大半の問題はクリアできます。私の担当領域であれば私が全力で保護し便宜を図りましょう。幸い、いなくなった賢者の領域は私が担当となっていますので窮屈な思いはせずに済むかと思います。担当領域外に出かけられたとしても、賢者シオンの従者としての地位がありますから無下に扱われることはないはずです」

「でも、賢者でも勝てないような奴がいますよね？　この世界には」

知千佳が疑問を呈した。

「はい。実際に、私は魔界に封じられていた魔神には手も足も出ませんでしたしね。ですが、それらの強者が現れたのは高遠さんが手当たり次第に様々な存在を殺しながら進んだためではないでしょうか。高遠さんが特に何もせずにのんびりと過ごされるのなら、それらは問題にならない可能性が高いと思います。現に高遠さんが現れるまではたいした問題は起こっていなかったのですから」

夜霧たちは街でチンピラに襲われたことがあるが、賢者の庇護下にあると知られていればうかつに手を出されないのかもしれない。

シオンの従者になれば他の賢者が危険視して襲ってくることもないだろうし、クラスメイトとの殺し合いを命じられることもない。

旅をしていれば、峡谷の塔でのように謎の試験に巻き込まれたり、船で海賊に襲われたりするかもしれないが、一所に留まってのんびりと過ごしていればその可能性も低いはずだ。

封印されている何かが復活して襲ってくるかもしれないが、世界に影響を与えるほどの危険な存在は神の力によって封印されている。神が健在なら世界は安泰なのだろう。神と賢者は相互不可侵とのことなので、賢者の庇護下にあれば神も夜霧たちには手を出してこないはずだ。

「そういや魔界の魔神が復活したのは何か理由があったっけ？　花川が何か言ってたような気はするけど」

夜霧たちが魔界を脱出して地上に出ると、あたりには巨大な肉が蠢《うごめ》いていた。そして、その中から巨大な女が現れたのだ。当時の夜霧には、何が起こったのかいまいちわかっていなかった。

「あれは……その、拙者が……」

「あ、言いにくそうだし別にいいよ」

「言わせてくださいでござるよ！」

「何なんだよ。気を利かせたのに」

「前置きでござろうが！　あれはですね。塔での試練の後に拙者は生き残りの魔神の眷属《けんぞく》に捕らえられたのでござるよ。そやつが言うには魔神は兄妹神であって塔にいたのは兄のほうだったというのでござる。妹神は兄神が魔界に封印したとのことでして、その封印の鍵は兄神が持っておったのでござるが、それを眷属が回収してきたのでござるよ！　そして、拙者はその眷属に連れられて魔界に行って、妹神の封印を解いたのでござる」

「じゃあやっぱり花川のせいだったのか」

「今の話で拙者が悪いところって何かあったでござるか!?」

「となると特に何もしなければ魔界の封印も解けないっぽいな。他の危ない奴らについても下手に関わらずに放置してればいいんだったら……確かに、特に何もせずに穏やかに暮らすのなら問題ないかもしれないいな。そんな気はさらさらないけど」

「ちょっと待ってくれよ。賢者が守ってくれようと今の俺たちは何の力もないただの人間なんだ。本当にこの世界で生きていけるのか？」

重人が口を挟んできた。

確かに賢者が便宜を図ってくれるとしても、それだけで安全に暮らせるかは疑問だ。この世界には危険な存在がうようよとしているし、シオンも四六時中クラスメイト全員を守り続けるわけにはいかないだろう。

「俺は力を使えるし」

「私は壇ノ浦流弓術と背後霊のサポート」

「忍術と多少の陰陽道なら」

「私はＣＱＣと銃器全般、それとニンジュツね！」

「僕は鳥の獣人で、空を飛ぶぐらいならできるかな」

案外、普通ではない人間ばかりがここに集まっていた。

「そーゆーのない一般人は無理だろ！」

「そうでござるよ！　速やかにバックアップからのリストアを要求するでござる！」

「そうですね。確かにどんな状況でも守り切れるとは断言はできないです。ギフトの力をもう一度欲しい方がいるならインストールするのもいいでしょう」

「でもそれって、好戦的になるとかなんですよね？」

「好戦的になるのは私が意図的に設定したものですので、メンタルに影響なくインストールすることも可能ですよ？」

「そうなの!?」

「ですが、バトルソングの力が欲しいということは戦いを前提としていると思いますので、多少のメンタルアシストはあったほうがいいかとは思いますが。力を得たからといって、ただの高校生がいきなり戦えるわけもありませんし」

「壇ノ浦さん、何か欲しい力でもあるの？」

「いやー。特にあるわけじゃないけど、最初にみんなにハブられたのが若干トラウマっていうか……あ！　意思疎通はどうすればいいの？　確か、バトルソングをインストールしてたらこの世界で不自由なく言葉を喋《しゃべ》れるとかなんですよね？」

「俺、この世界の言葉は喋れるようになったけど」

「え？　いつの間に？」

「コンシェルジュの人に辞書をもらって、旅の合間に勉強してた」

この世界に来てすぐは言葉がわからなかったが、ホテルのコンシェルジュに翻訳の魔道具を用意してもらったのだ。

その際に、夜霧は勉強用の辞書も入手していた。

『お主は何も考えておらんかったよな……』

「文法はだいたい英語っぽい感じだったから、単語の対応さえわかればそれほど難しくはないよ」

「いや、そもそも英語得意じゃないし！」

「翻訳の魔道具なら用意できますよ。もちろん言語学習についてもサポートいたしましょう。さて、まとめますと、この世界で私の庇護の下で生きていくのなら、あなたたちは寿命が尽きるまで幸せな人生を送ることができます。賢者に次ぐ地位を得られ、元の世界では得られないほどの栄華を誇ることができるでしょう」

「そう言われてもあんまり想像できないような……」

「いやー……この世界で過ごすって無茶苦茶危ないでござるよね？　そこら辺に盗賊やら魔物やらいるんですよ？　シオン殿が守ってくれるっていっても……」

「そうですね。そこはリスクと考えてください。そして、メリットはこのままおとなしく過ごすのならお爺様とこれ以上敵対せずに済むというものですね」

「でも、あんたは俺がおとなしくするとは思ってない」

「はい。一応選択肢として示したに過ぎません」

「で、帰りたいならどうすれば」

「そちらに関しては私にも確実な手段はわかりませんのでパート1と同様にしていただければ。賢者の石についてはこちらで集められる分は提供いたしますし、可能な限りサポートもいたしましょう。パート1よりはかなり楽に集められるのではないでしょうか」

「どっちにしろあんたは俺たちに協力するってことだけど、あんたのメリットは？」

ここまでの話ではシオンが至れり尽くせりで面倒をみてくれるというだけだった。

「高遠さんと敵対したくない。私の考えはこの一点のみです。高遠さんと敵対しないで済むのならどれほどの労力も資産も惜しくはありません」

「ずいぶんと評価してくれてるんだな」

「それはもう。身に染みましたので」

「わかったよ。そっちが何かしてこないなら俺も手を出さない」

あえて口に出したが、別にそれは普段の行動と何も変わってはいなかった。

「俺は帰るために行動するけど皆はどうするんだ？」

「私は別行動とかはまったく考えてないけど」

夜霧の呼びかけに知千佳が真っ先に答えた。

「ちなみに帰還できるタイミングがあったらさっさと帰るつもりだから、一緒にいない奴のことは知ったことじゃないんだけど」

「あらためて思うけどひどいな！」

「だから訊いてるんだろ。何で俺が何もしない奴らの帰還の手伝いをしなきゃならないんだよ」

そもそも、賢者の石で得られる力で大勢の人間を帰還させられるかは怪しいものだった。

現状で考えられる帰還手段ではほとんどのクラスメイトを切り捨てるしかないのだ。

「俺はいい。何か力をもらえてそれで楽しく過ごせるってのならそれで」

重人は渋々という様子だ。帰れるのなら帰りたいのかもしれないが、そのためにまた異常な事件に巻き込まれるのはうんざりなのだろう。

「僕も帰れないならそれでいいかな。戻ったところで一族のしがらみが鬱陶《うっとう》しいだけだし」

春人は正直にそう言っているように見えた。

「拙者はどうでござるかなぁ？　どちらにしろリスクがありそうな気がするでござるし……」

「何でチラチラこっち見るんだよ」

「え？　うるせェ!!　いこう!!　って誘ってくれるのでは？」

「自分で決めろよ」

「うーん……何かものすごい危機に陥ったりする場合は高遠殿の傍《そば》のほうが安全でしょうし……けれどそれは無駄に危険に巻き込まれる道でもある……シオン殿！　ハーレムの提供とかあるでござるかね！」

「女性を侍《はべ》らせたいということですよね？　ご要望ということでしたら用意いたしますが」

「ハーレム王に拙者はなるでござる！　てことで高遠殿とはここでさよならでござるね！」

知千佳が、汚物を見るような眼になっていた。

「私はご一緒させていただいてよろしいですか」

「私も行くよー」

諒子は研究所。キャロルは機関の関係者らしいので、ついていくのは当たり前とでも思っているようだ。

夜霧と研究所は昔からの付き合いなので勝手はわかっているのだが、機関については何を目的とした組織なのかも不明でありキャロルの考えはいまいちよくわからないところがあった。

とはいえ、ついてくるというのなら拒む理由はない。

「じゃあこの四人は帰還に向けて行動するから」

「承知いたしました。まずはパート1と同じく賢者の石を集めるということでよろしいですか?」

「うん」

「先ほども申しましたように私が集められる分については集めてまいります」

「それは大丈夫なの? 賢者ってあんたの仲間なんだろ。裏切って大丈夫なのか?」

「いえ、別に裏切ることにはならないですね。賢者同士の争いはお爺様の取り決めで禁止されていますが、それ以外は何をしてもいいので」

「じゃあ集めるってのは話し合いで譲ってもらうってこと?」

「はい。交渉でどうしようもないとなればそこは高遠さんの出番ですね。頑張ってください」

「それはいいけどさ。けっきょく今までと変わらないわけだし」

交渉で手に入る可能性もあるし、交渉決裂したとしても賢者のもとまでシオンが案内してくれるのなら前回よりかなり楽になるとも言えるだろう。

「交渉でもある程度は集められると思いますが、現状最も厄介なのはヴァンでしょう。彼が賢者の石の最多保有者ですので、最終的にはヴァンを攻略するのが目的になるかと思います」

「そいつはどういう奴なの？」

「そうですね。我々のような外様の賢者と違って、彼は大賢者様の実の孫なんですよ。実力も随一ですね。その人となりですが――」

シオンがヴァンについて述べかけたところで、会議室の扉が勢いよく開かれた。

「会議中のところ申し訳ありません！　緊急事態につき、賢者様のお力をお貸しいただけないでしょうか！」

入ってきたのは、コンシェルジュのセレスティーナだった。

「それはそれは。賢者の会合を中断させるほどのことでしたらよほどのことなんでしょうか？」

「はい！　空から正体不明の生物が降り注ぎ、街の者を取り込んで異形と化しているのです！　幸い動きは遅く、建物の中にまでは侵入してはいませんが、街は大変な状況になっています！」

「空から、ですか。では屋上へ行ってみましょう」

シオンがそう言うと、瞬時にして会議室の光景が変わった。

壁がなくなり、遠くまでが見渡せるようになったのだ。どうやら会議室にいた全員がホテルの屋上へ来てしまったらしい。

「こんな簡単にテレポートできるなら何で会議室までのんびり歩いてたの!?」

「壁の中に出現するですとか、別の生物と融合してしまうですとか、亜空間に弾き飛ばされるですとか様々なリスクがありますので、あまり気軽に使う術ではないのですよ」

「それを説明なしで使わないでくれるかな！」

ここからでは街で何が起こっているのかはわからないが、悲痛な叫びがホテルの屋上にまで届いている。

その騒動の原因だが、いくつかはこの屋上にも存在していた。

それは、植物をいくつも集めて丸めたようなもので、無数の根や枝葉を蠢かせていた。大きさは直径一メートルほどだろう。外部の状況を知覚する感覚器の類《たぐい》はないように見えるのだが、その植物はゆっくりと夜霧たちへにじり寄ってきていた。

「とりあえずホテルは結界で包みますね。ここにいる謎の生物は高遠さんに対応をお願いしたいのですが」

「これぐらいあんたでも――わかったよ」

それが何なのか。夜霧はすぐに思い当たった。

それは、浮遊群島に棲息していたセイラだ。不死身であり、他の生き物と融合してしまう面倒な

生物が空から降ってきているのだ。

夜霧は、屋上で蠢いていた数体のセイラを殺した。

空を見上げれば、墜ちてきたセイラは透明な結界に阻まれてどこかへ弾き飛ばされている。とりあえず、このホテルの安全だけは確保できたようだ。

「これってセイラだよね？　何で空から降ってくるの？」

「空からということであればヴァンの仕業でしょうね」

「何がしたいわけ!?　パート1ではこんなことなかったのに！」

「ヴァンの人となりですが、一見、理知的で深謀遠慮がありそうなんですが、その実いきあたりばったりという方なんです。ですのでこの状況も特に何も考えていない可能性が高いかと」

「滅茶苦茶鬱陶しい奴だな、そいつ！」

知千佳が叫ぶ。

夜霧は、こんなに簡単に世界が滅びそうになるのなら、世界滅亡の責任を全部押しつけてくるのはやめてほしいなどと考えていた。

5話　それはそれとしてもう一回死んでもらうしかないかな

スードリア学園の教室内は大混乱に陥っていた。

午後の授業中でありそれ自体には何らおかしなところはないのだが、この教室にいる者にとってこれは異常事態だったのだ。

ここにいるほとんどの者は、学園に突如として現れた巨大なイカに殺された記憶があるだろう。もしくは、謎の光線で大地ごと消し飛ぶまでの記憶しかないはずで、つまり彼らにとっては死んだと思ったらなぜか教室にいるという状況なのだ。

そんな大混乱の教室の中で、一人ヴァンだけは落ち着いたものだった。大賢者の力を知っている彼にすれば、戻ってきたのがここかという程度の感想しかないのだ。

――うーんと……聖暦１８５２年、陽の節、序の巡、亀の日か。そんなに戻ってないな。この日は何かあったかな？

教室内には今の時刻を示すものは何もないのだが、ヴァンはこの世界を支配するバトルソングシステムにアクセスすることができる。世界の全てを把握できるような万能のシステムではないのだが、現在時刻を知るぐらいなら簡単だった。

ただ、時刻を知れたところで、この日に何があったかまでは思い出せない。こうして教室にいるぐらいだし、少なくともヴァンの周囲では取り立てて何もなかったはずだ。

ヴァンは立ち上がり教室を出ていった。周りが騒がしくて考え事には向いていない環境だからだ。頭を抱えて教室を飛び出していく生徒も何人かいたので、ヴァンがそっと抜け出したところで誰も注目などしていないことだろう。

廊下を歩いていくと、そこかしこで騒ぎが起きていた。ヴァンが大賢者の力を体験するのは二度目だが、前回も同じようなものだった。突然時間が戻ってしまうのだから、混乱するのは当たり前なのだ。だが、しばらくすれば以前の記憶は曖昧になっていく。次第に今の状況こそが現実なのだと理解し、長い夢を見ていたことすら忘れて日常へと戻っていくのだ。

ヴァンは食堂に辿り着いた。誰もいないので落ち着いて考えるには都合がいい。ヴァンは適当な椅子に腰掛けた。

「うーん、どうしたものかなぁ」

全てが夢だったことになりはしたが、これはほぼ時間遡行に等しい現象であり、このまま何もしなければ歴史は同じ道筋を辿るだけだった。

全ての者が未来の出来事を知っていることにはなるが、よほど意識していなければすぐに忘れてしまうことだろう。以前と同じことがあったとしても既視感として流してしまうだけのことだ。

つまり、事情を知っているヴァンが何か行動を起こして歴史を変える必要があるのだ。

「そもそも、人口が減ったり大地が貫かれたりって、何があったんだろ？　マルナリルナが死んであの子が起きたってじいちゃんは言ってたから……マルナリルナが死なないようにすればいいのかな？」

ヴァンは短絡的だった。もっと調べてから考えればいいのにそれを面倒だと思ってしまうのだ。それに失敗したとしてもまた大賢者にやり直してもらえばいいだけだという甘えもあった。

「そもそもマルナリルナは何で死んだのかな？　まぁ……どこかに閉じ込めとけば死なないだろう。じいちゃんの名前を出せば言うこと聞くと思うし」

神であるマルナリルナもこのやり直し現象からは逃れられない。つまり、自分が死んだことを理解しているはずだ。それならば死なないように隠れていろという説得が通じる可能性も高いだろう。

「となるとどこにいるのかなぁ。神の座は放置してたはずだし……とりあえずマルナリルナ教の総本山にでも行ってみようか」

そうは思うも、今すぐに行動しないのがヴァンという男だった。まだ時間に余裕はあるだろうし焦る必要はないと考えてしまうのだ。

「それはそれとして、キリがいいからフォーキングダムは終わりにしようか」

ヴァンの賢者としての能力は、一定の範囲にルールを設定してゲームの舞台を作りあげるというものだ。

空中大陸で四つの組織が滅ぼし合うというゲームもヴァンが仕組んだことだが、このゲームが失敗作であることはずいぶんと前からはっきりとしていた。

まずフィールドが広過ぎた。四つの組織とプレイヤー人数に対してあきらかに大きかったのだ。

こうなったのにはさしたる理由はない。強いて言うならば思いついてしまったのだ。

当初は、小さな浮遊島の間を飛行船で飛び回るようなシステムを考えていたのだが、これらの島をフィールド間転送で繋《つな》げば大きなフィールドに見せかけられるのではないかと思いついてしまった。それだけならば、それなりの大きさのフィールドを作って満足すればいいのだが、ヴァンは夢中になってやり過ぎてしまったのだ。その結果できたのが、南北二千キロ、東西四千キロという規模の大陸だった。

ただ広いだけならまだよかったのだが、ヴァンはこれでは面白くないと余計なことを考えた。

四隅にそれぞれの拠点を配置したのだが、このままでは直接相手の拠点に一気に突っ込んでしまえばそれで勝負がついてしまう。それを回避するために移動制限を追加したのだ。一辺十キロの六角形フィールドを最小単位とし、そこに大量の戦力を投入できないようにした。各ユニットにコストを設定し、フィールドに侵入できるコスト上限を決めたのだ。さらに別のフィールドに侵攻するには隣接するエリアを二つ以上占有する必要があるという制限も用意した。

この時点で、すでに様子はおかしくなっていた。これではゲームがなかなか進まないのだ。ゲームフィールドが狭ければ問題はなかったかもしれないが、このばかでかい大陸を細かく分割したうえでこのルールとなると遅々として侵攻が進まなくなってしまう。

そして、ダメ押しのように最悪の状況にしてしまったのはセイラの存在だった。

セイラは賢者レインの双子の妹だ。二人は賢者候補として活動していた時に神の遺物を見つけた。その遺物は封印されし神がこの世界に残したものだったのだが、それを使用したセイラは不死身の異形と化したのだ。暴走したセイラを放置すれば世界が滅びかねない。そこでヴァンはセイラを回収し、自らが運営するゲーム環境の中に封じ込めて安定化を図ったのだ。

そのセイラを大陸にばらまいたのはもちろんヴァンなのだが、これは賑《にぎ》やかし程度のつもりでしかなかった。基本的に、大陸の元となった浮遊群島には何もない。ゲームのルール設定で多少環境に変化はつけてみたものの、ほとんどが何もなくただ広いだけの草原だったのだ。これではあまりにも刺激がないし、プレイヤー間の争い以外にも障害が必要だろうと、これもまた余計なことを考えたのだ。

セイラは弱いが不死身だ。いくら倒そうと何度でも蘇る。つまり、倒される度に補充する必要がない。ついでにセイラの持つエネルギーをポイントとして扱い、プレイヤーに回収させてゲームの維持に利用すれば一石二鳥というものだ。

そうヴァンは思ったのだが、セイラのせいでゲームはさらに硬直することになった。セイラは瞬く間にそこら中の生き物に感染していき、ほとんどの生き物をセイラに変えてしまったのだ。つまり、各陣営ともにうかつに動けなくなった。

十分に強ければセイラの侵食を防げるのだがその人数は限られている。身体を完全に包み込むなどすればセイラから身を守れるのだが、用意がいちいち大変だ。

セイラのおかげで少しばかり思惑通りにいったのは、食糧確保についてぐらいだろう。家畜や農作物を得るのが、セイラ感染によって難しくなったのだ。そのためわずかに残った安全地帯を各陣営で奪い合うようになり、多少は戦いが促進された面はある。

とはいえ、こんな状況のゲームが面白いわけもなく、大賢者を楽しませることはできていなかった。実際、大賢者も途中から見ていなかったと言っている。

もうどうしようもなく詰んでいて、このまま続けても改善の見込みがなさそうだということをヴァンも気付いてはいた。

気付いてはいたのだが、ヴァンはなんとなくゲームを続けていて、終わらせる踏ん切りがなかなかつかなかったのだ。

「別のゲームは前から準備してたんだけど……まあ今なら混乱ついでだからちょうどいいかな」

複数のゲームを作ることはできるのだが、リソースを分散することになる。

当然、一つのゲームにリソースを費やしたほうができることも増えるしより良いものができる可能性は高くなるだろう。

未来も意味もないゲームはさっさと終わらせるべきだったのだが、ヴァンもスードリア学園の生徒としてプレイヤーたちとは交流があるし、それなりに思い入れもあるので少しは躊躇う気持ちもあったのだ。

だが、今ならすでに混乱してしまっているので、ゲームオーバーによりさらにおかしなことが起こったとしてもさほど問題にはならないだろうとヴァンは気楽に考えた。

「ま、ゲームオーバーといっても環境が変わるだけだからね」

ゲームオーバーになったからといってプレイヤーたちが死に絶えるわけではない。ただ、ゲームのルールとして設定されていた環境や法則がなくなるだけだった。この学園の建物などはそのまま残るし、プレイヤーたちにも直接の影響はないのだ。

ヴァンは目の前に自分にしか見えないコンソール画面を出現させた。

設定画面を表示し、ゲームの削除を選択する。

一度決めてしまえば、後はあっさりとしたものだった。

これにより空の上で行われていた四つの組織による戦い、フォーキングダムは停止し、使われていたリソースは全て回収された。

「大陸だと思ってたのに、実は浮遊島だったなんてみんなびっくりするかなぁ……あ」

結界が消え、移動の制限はなくなった。今までは地続きのように見えていた大地が、いきなり分断されて見えることだろう。

そして、結界で阻まれていたセイラたちも動きだすのだ。

「うーん。でもセイラって基本的には動かないし……いや、形態変化はゲームのルールで封じてたんだったかな」

　セイラは不死をばらまくが、不死になった生物の形態はほぼそのままだ。植物が動いて周りにいる獲物に絡みつこうとするような変化はあるが、根っこを引き抜いてまで動きだすようなことはない。

　だが、それはゲームのルールで制限を加えて安定化させていただけなのだ。ゲームの軛《くびき》から解き放たれたセイラは再び暴走する。本来のセイラは、手当たり次第に仲間を増やそうとするものだった。

「これ、いきなり失敗したかな？　でも、みんなが不死身になったとしてそれで世界が滅びるとかじゃないよね、たぶん」

　ヴァンはどこまでも楽観的だった。

＊＊＊＊＊

　気付けば、降龍は街の中を歩いていた。街は大騒ぎになっていて、そこら中で人々が混乱しているようだった。

「なるほど。巻き戻ったのか。残念だな」

　降龍はマルナリルナを殺し、再びこの世界の神となった。先ほどまではこの世界の中枢である神の座にいたはずなのだ。

すぐに大賢者の力かと思い至った。以前にもこんなことがあったからだ。

うまくいけば、高遠夜霧が巻き戻りの前に大賢者を倒すかもしれない。もしかすればこの巻き戻りを攻撃と見做して夜霧が大賢者を殺すかもしれない。

そう思っていたのだが、そう都合良くはいかなかったようだ。

「まあ、仕方ない。こんなこともあるかと思っていたし」

降龍はすぐに気を取り直した。落胆は否めなかったが進展があったと前向きになるしかないだろう。

マルナリルナの片割れ、リルナは死んだままだし、降龍の封印は解かれたままだった。つまり、この時点で神としての力をある程度は取り戻しているのだ。

それに、こうなることは想定の範囲内だった。夜霧が無茶をすれば世界が滅びそうになる可能性は高いし、その場合に大賢者は世界をやり直すだろうと考えていたのだ。

「こんなことならマルナも夜霧くんが殺してしまうようにそそのかせばよかったなぁ」

そうは思うも、対峙して煽《あお》りながら殺してやろうという嗜虐心《しぎゃくしん》を抑えられなかったので仕方がない。賢者たちにも恨みはあるが、最も遺恨があるのはやはり神の座を奪ったマルナリルナなのだ。

かつてこの世界は十二の神が管理していて、降龍はそのうちの一体だった。

十二の神による管理体制は盤石だったが、ある日突然、マルナリルナがやってきたのだ。

大賢者の手引きでやってきたマルナリルナは強く、降龍たちは敗れた。

そして最後まで抵抗した降龍は、リルナに力を封印されて世界に放逐されたのだ。

この中途半端な封印は、ただの侮辱にすぎないだろう。どうせ何もできはしないとあざ笑うためにあえて力だけを封じたのだ。

「ま、一回殺したし鬱憤は晴れたんだけど……それはそれとしてもう一回死んでもらうしかないかな」

マルナが死ねば、この世界に封じられた魔神や厄災なども復活するだろう。だが、いずれにせよ降龍が神の座に復権するならそれらへの対処は避けられない。それならば、高遠夜霧がこの世界にいる間に片っ端から殺してもらったほうが効率がいい。

何せ、降龍はそれほど強い神ではない。異世界の強力な神々とまともに戦って勝てる可能性はほとんどないからだ。

「単純に巻き戻しただけ、ってことは大賢者も夜霧くんのことは知らないのかな。だったら勝機は十分にある」

とにかく夜霧の敵に回らない立ち回りを心がければいいだろう。

下手にけしかけるような真似をしなくとも、それだけで勝手に邪魔者どもは死んでいくはずだ。

当面の問題はマルナをどう殺すかだが、降龍にはそれなりに勝算のある計画があった。前回はたまたまこの世界にやってきていた神殺しを利用したが、以前からコツコツと用意していたマルナリルナ殺しの計画があるのだ。当面はまだまだ準備不足だと思っていたが、マルナリルナは双子神であり、二人揃《そろ》って真価を発揮する。つまり、リルナが消滅した今ならその力は半分以下になっているのだ。

マルナだけならば現状の持ち駒でどうにかなるだろう。

降龍は、自らが作りあげた神滅組織、聖者の里へと向かうことにした。

6話　相変わらずのアンチヒロインムーブ

「これって相当まずい状況なんじゃないかと思うんですけど！」

知千佳がシオンに詰め寄った。

「そうでしょうか？　確かあれは不老不死になるだけと聞いたことが。不老不死はたいていの人が望むものかと思いますので、むしろ歓迎ということはないですか？」

「えーと……確かに不老不死になるだけだとそれほど困ったことにはならないんですかね？　でもスコットさんたちは困ってたような……」

スコットは空の大陸で出会ったセイラ感染者の少年だ。感染者たちの集落があり、そこの代表者のようなことをやっていた。

そのスコットは、夜霧に感染者の始末を依頼してきた。

彼らは、大陸で行われていたゲームで殺され、搾取されてきたのだ。長きにわたる暴虐に耐えかね、誰もが完全なる終焉《しゅうえん》を望んでいた。夜霧の力は彼らにとって祝福ともいえるものだったのだ。

だが、特別な事情がないのなら、不死身だけであればそれほど困ることはないのかもしれなかった。

「あぁ、そうでもないようですね」

皆がシオンの視線の先に目を向けた。

街の様々な場所で、空から降ってきた植物の塊が人に襲いかかっているのだ。

そして、襲われた人々は急速に身体を変化させていた。

凄《すさ》まじい変化が起きているわけではない。人であれば二足歩行のままだし、獣人であれば生えている耳などはそのままだ。

だが、どこか歪《いびつ》な変形を遂げているのだ。腕が長くなっている者、一回りほど身体が膨れている者、手足が歪《ゆが》んでしまっている者、皮膚の色がどす黒く変わっている者、身体の各所から蔦《つた》のようなものが生えている者など、種々様々な変化が表れている。

身体が異形と化しても精神にまでは変化がないのか、人々は自らの変貌を嘆き、驚き、恐怖していた。

「いくら不死身でもあんなの嫌でござるよ！」

「慣れれば気にならないってことは？」

キャロルがあっけらかんと言った。

「本気でござるか!?」

「うーん。不死身の代償ってことなら許容範囲ということはないかなぁ？　不死身って相当すごいことだと思うし」

「だとしても、不本意に不死身になるのは違うんじゃないかな」

　不死身がいいかどうかはさておき、今襲われている彼らに選択の余地などまるでないだろう。結果がどうであれ、これは災害としか呼べない事象だと夜霧は思っていた。

「賢者の力でどうにかならないんですか!?　このあたりはシオンさんの担当で、人々を守る義務があるんですよね？　あれは侵略者《アグレッサー》じゃないかもしれないですけど、似たようなものじゃないんですか？」

　知千佳がシオンに問いただす。確かに状況だけなら侵略者《アグレッサー》の襲撃と似たようなものだろう。

「そうですね。私も担当領域の人々を無闇に傷つけようとは思いませんし、守れるものなら守りたいとは思っています。できることはやっておきましょうか」

　シオンがそう言うと街中に無数の黒い人影が現れ、街の人々を助けるために行動を開始した。

　落ちてくるセイラを弾《はじ》いて街の外まで吹き飛ばし、感染してしまった街の人々に摑《つか》みかかって拘束し、まだ無事な人々をこのホテルに誘導しているのだ。

　影は生き物ではないのか、セイラ感染の影響は受けていないようだった。

「一応訊いておきますが、高遠さんはこの事態に対処できそうですか？」

「難しいな。襲ってくるのを倒すのは簡単だけど、落ちてきたセイラと、セイラ感染者の区別がつかない。全部まとめてとかなら可能だけど、それはやっちゃ駄目だろう」

感染者の集落でのように、望むのなら殺してもいいだろう。

だが、この状況で一方的に感染者を殺すことは夜霧にはできなかった。

「では、この方法でとりあえずはしのぐしかなさそうですね」

「いや……確かに助けようとはしてるでござるが、シオン殿ならその有り余る力でもっとさくっと解決できないのでござるか？」

言われてみれば、使い魔を召喚して街の人々を助けるのは地味で回りくどい方法だろうと夜霧も思った。

無事な人をまとめてテレポートさせたり、セイラ感染者を一カ所にまとめて幽閉するなど、シオンの力ならやれそうにも思えるのだ。

「実は私は賢者の中ではたいしたことがないほうなのですよ」

「え？　でもレベル1億とか超えてましたよね？　それはとてつもないのでは？」

「はい。現時点で53億ほどですね。恐らく花川さんのステータス鑑定能力では1億程度までしか感知できなかったのでしょう」

「あ、53万とか言ってたのはあながち冗談でもなかったのでござるね！」

「私の賢者としての特性は心臓の拍動とともにレベルが上がり続けるというものなのですが……言ってしまえばそれだけのことなのです。つまりステータス値は高いものの特殊な力は特にないのですね。この結界魔法も、ありあまる魔力を無理矢理行使しているだけであって、魔法が得意というわけでもないのです」

「すみません、少しよろしいですか？　拍動でレベルが上がるとのことですが、心拍数が毎分60程度だとしてもレベルが53億になるには百七十年ほど必要かと思うのですが……何かおかしくはないでしょうか？　シオンさんの言動からすると現代日本の事情に精通しておられるようですが」

諒子の疑問は、夜霧も気になるものだった。

どうやって賢者になるのかはわかっていないが、シオンも賢者候補から賢者になったのだとすれば、夜霧たちと同じように日本から召喚されたのかもしれない。しかし、そうなるとシオンは江戸時代に召喚されたことになってしまう。

「いや、もこもこさんみたいに平安時代生まれでも現代にアジャストはできるわけだしそういうものなのか？」

『どうだろうな。我は今の時代までずっと情報収集を怠っていなかったが、江戸時代からこの世界に来たのならそこで日本に関しての知識はストップするだろう。もちろん、この世界に日本からやってくる者もいるだろうから情報を得られないわけでもなかろうが……』

「ああ！　そういえば私の事情についてお話ししたことはなかったでしょうか？」

「なかったように思うけど。何かの参考になるかもしれないし聞かせてくれる？」

こんな状況でのんびりシオンの話を聞いていていいのかと夜霧は思ったが、この街でできることはやっているというのだから、焦っても仕方がないだろう。

「ちょっと待っていただきたいでござる！」

「何だよ、花川」

「拙者が何か話そうとしてもやっぱり興味なかったとか言うくせに、なぜシオン殿の過去話は聞こうとするのでござるか！」

「それは、やっぱり花川くんには心底興味がないからじゃないかな」

「知千佳たんはホントに辛辣ですな！」

「シオンの話は役に立つかもしれないだろ？　花川と違って」

「そうやって何かにつけて拙者を擦《こす》ろうとするのはやめていただきたい！」

「そっちから絡んでくるのに……花川のことは気にしなくていいよ」

「はい。お察しのようですが、私も日本人でして本名は竜王院《りゅうおういん》紫苑《しおん》と申します。シオンはエルサレムのほうではなく、お花のほうです。おそらく気にされているのは私がこの世界にやってきた時期でしょう。賢者になったのはこちらに来てから数ヶ月ほどしてからだったと思いますので、レベルと心拍数での概算でおおよそ正しいかと思われます。そして、召喚時の日本での日時ですが……私が大学を卒業して新卒入社したころでしたので……」

日本での時間に換算すると、シオンが召喚されたのは夜霧たちの二年ほど前になった。

「やはり時間の流れ方が違うのか……！」

「新事実みたいに言ってるでござるが、それ拙者がこちらで出会ったころに言ってるのでござるよ！」

「そうだっけ？」

「そうでござるよ！　前回こちらに来て一年ほど過ごしたのでござるが、日本に送還されたら数時間しか経ってなかったと説明したでござる！」

「まぁ……花川くんの説明だけだと……ほら、信憑性《しんぴょうせい》が……」

知千佳も話を聞いたことを忘れていたようだった。

「でも、シオンと花川のケースで計算が合わないような？」

「他世界と比較した場合、時間の流れには揺らぎがありますからね。もっともこちらの流れのほうが早いことは間違いありませんので、浦島太郎のようにならないことは保証いたしますが」

「いや、そんな今さらな話はともかくとして、これからどうするのでござるか!?」

「どうって……賢者の石を集める？」

先ほどまでその話をしていたのだから、そうするものだろうと夜霧はごく自然に考えていた。

「マイペース過ぎでござるよ！　集めてる場合か！　でござる！」

「確かにこの世界はピンチだけど、それはこの世界の問題なんじゃないの？」

「知千佳たん、相変わらずのアンチヒロインムーブでござるな！　そこは、無関係の世界でもほっとけない！　短い間でもこの世界の人たちとの絆が！　ってのが王道ヒロインの行いというものでござるよ！」

「そう言われても、私にできることないし……自分でできもしないことを騒ぎ立てるほうが無責任じゃない？」

「うぅ……知千佳たんはどこまでもクールでござるな……」

「とりあえず、それぞれの賢者が自分の領域についてはどうにかするでしょう。事態がどうにもならないとなれば、もういちどリスタートが発生するのではないでしょうか」

「それはそれで面倒な話だけどな」

頻繁にリスタートが発生するようでは、帰るために何をしたところですぐに無駄になってしまう。なんにしろ鬱陶しいことになるのは間違いなさそうだ。

『こんにちは。世界の皆さん。賢者のヴァンといいます』

賢者の石を集めるために今できることは何かと夜霧が考えていると唐突に声が聞こえてきた。

声がどこから聞こえてくるのかはよくわからなかった。傍には誰もいないのに耳元で囁《ささや》かれているように聞こえるのだ。

「え？　これって？」

知千佳にも声の発生源がわからないのか、あたりをキョロキョロと見回している。

『ちょっとした手違いで危険生物が世界中に降り注ぐことになってしまいました。ごめんね』

「ちょっとした」

「手違い」

知千佳に続いて夜霧がつぶやいた。

『この危険生物は触れた生き物に侵食して同じような怪物にするんだ。おまけに不死身でどうやっても倒せない。放っておけばこの世界はそのうちこの生物だらけになるだろう。この生物は食料にも感染するからちょっとばかり逃げ隠れしたってそう遠くない未来にみんな飢え死にするだろうね。さすがに僕もこの事態には少しばかり責任を感じているんだ。だからちょっとした提案をしようと思う』

「言葉に重みがまったくありませんね、この人」

諒子が呆れたように言った。

「コンシェルジュさん。このホテルに食料は？」

「非常食はホテルスタッフ用として一週間分ほどですね。レストランに直近で使用する食材はあると思いますが……街の方々が避難してこられればすぐに枯渇するでしょう」

夜霧の問いに、セレスティーナは心苦しそうに答えた。

結界でセイラの直接的な脅威からは逃れられたが、ここもそう長くは持たないようだった。

『僕はゲームを作ってるんだけど、そこにみんなを招待するよ。タイトルは地底クエスト。文字通り舞台は地の底だよ。地上とは隔絶された空間だから、危険生物もここまではやってこられない。食料もちゃんとあるから安心してね』

「タイトルはもうちょっと捻れなかったのでござるかね」

「これぐらい安直なほうがわかりやすくていいんじゃないかな」

下手に捻られるよりはわかりやすいタイトルのほうが夜霧の好みだった。

『もちろんこれは強制じゃないよ。参加したい人だけが参加してくれたらいい。参加方法は教えておくから好きなタイミングでね。参加するには、〝地底クエストをプレイする〟と口に出して宣言してくれたらいいよ。その瞬間に君の身体は地底世界にひとっとびさ』

「ふむ……追い詰められた時に逃走手段として使えるかもしれないでござるな」

『んー、他に何か説明しとくことあったかな……』

「ろくに説明してないけど!?」

知千佳が文句を言うが、こちらの言葉はヴァンには届かないようだ。

『そうそう！　ゲームに参加すると基本的には外に出られないよ。ゲームをクリアすると報酬もあるけど、危険生物から逃れるためだけに参加する人には説明しなくてもいいよね』

「それは気になるので一応説明してくれないかな！」

知千佳が言うも、やはり報酬とやらの説明はされなかった。

「といいますか何をするゲームなのかという肝心な部分がスルーされてるのでござるよ！」

「なんとかクエスト……ならＲＰＧみたいな感じかな？」

「これで参加しろと言われてもでござるよ……」

「あ、招集がかかりましたね。さすがにこの事態にはそれぞれ思うところがあるのでしょう。行ってこようと思うのですがよろしいですか？」

シオンが言うには、賢者の集会が開催されるとのことだった。

「うん。賢者の石を集めるにも都合がいいかもしれないし」

まずはシオンに賢者の石の情報を集めさせるのが手っ取り早いだろう。夜霧たちが調べるとしても取っかかりすらない状況だ。

「さて。ヴァンのゲームに参加される場合ですが」

「俺は参加しなくてもいい気はするけど」

「相変わらずスルースキルを発揮しようとするでござるな」

「私は参加できませんが、クラスメイトの皆さんにはバトルソングのクライアントがインストールされるように手配しておきますね。ただの人間が参加した場合、即座に死ぬような難易度かもしれませんし」

そう言ってシオンの姿が消えた。

「じゃあ俺たちは……とりあえず部屋に戻るか」

今すぐにできそうなこともない。何かするにしてもシオンが戻ってきてからになるだろう。

「それでいいんでござるか!?」

「花川は地底クエストしてきたら？」

「嫌でござるよ！　絶対にろくな目に合わないことはわかってるのでござる！」

なんだかんだ言いながらも、けっきょく参加しそうだなと夜霧は思っていた。

7話　だからって何でそんな知らない奴にあげなきゃいけないのかな？

自宅に戻ったシオンは、会議に使っている部屋に向かった。

全員が直に集まるわけではなく、それぞれが姿を投影し擬似的に集合して会議を行うのだ。

そのため彼らの本体がどこにいるのかを窺《うかが》い知る術はない。基本的に、賢者たちはそれぞれがどこにいるのかを知らなかった。

シオンが投影術を使用すると、賢者たちの姿が部屋の中に現れた。

アオイ、アリス、ヨシフミ、ヴァンの四名だ。他の者たちは普段から積極的には集まらないので、いつもの顔ぶれだった。

ライザも集会に顔を出さないタイプだが、たとえ来たいと思っても今は無理だろう。なにせ夜霧に手足や重要器官を殺されているので、参加したところで意思疎通が不可能だからだ。

「どういうことだよ、これは」

ヨシフミがヴァンに問いただすも、そこに覇気はなかった。普段のヨシフミなら威勢良く罵声でも飛ばしているところだろう。

「空でのゲームをやめてみたら、セイラが落ちちゃったんだよ。うっかりしてたんだ」

「うっかりって、お前なぁ……」

ヨシフミが呆れていた。ヨシフミも無茶苦茶をするほうではあるが、無意識に制限している部分もある。世界全体に影響を与えることまではしないのだ。

「セイラをもう一度ゲーム内に封じられないのですか?」

シオンが訊いた。そうするのが一番てっとり早いはずだ。これまで封印できていたのだから、同じようにすればいい。

「僕のゲームへの参加はプレイヤーの同意が必要だ。フォーキングダムに封じる時は、セイラが増殖する前で、かろうじて意識があったんだよ。それに本人にも周囲に迷惑をかけたくないという意思があったから、同意を得ることができた。けれど、今のセイラにはもう自意識なんてないよ。それに増え過ぎちゃっていちいち全てに同意なんて得られないしね」

「他人事だよな、てめぇはよぉ」

「これでも責任は感じてるんだよ。だから希望者は誰でもゲームに参加できるようにしたんだ。本来、プレイヤーはもっと厳選するものだからね」

「お爺様が対応することはないのですか?」

「まだ世界が滅びると決まったわけでもないよね?　滅びそう、ぐらいならじいちゃんにもいい刺激になるかもしれないよ?」

「セイラは弱点とかねぇのか？」

「うーん。別に君たちなら困るほどの強さじゃないよ？　ただ死なないだけだから、どこかに固めて置いとけばいいんじゃないかな。空からの落下もそのうち落ち着くだろうし、そうなったら安全な場所を確保すればいい」

「そういう問題なわけぇ？　私たちすごく迷惑かけられてるんだけど。何かお詫びってないのかしらねぇ？」

アリス自身は自らが作り出した領域に引きこもっているタイプなのでそれほど害は受けないはずだが、さすがに世界中の環境が激変するようなことをされては文句の一つも言いたくなるのだろう。

「だったら君たちもゲームに参加する？　中は安全だよ？」

「行くわけねぇだろ、そんなクソゲーによ！」

ヴァンのゲームに参加すれば、賢者といえどもヴァンの決めたルールからは逃れられなくなる。

同じ賢者だからといって信用できるわけもないし、世界が滅びかねない事態を引き起こしておいてうっかりしていたと言うようなヴァンに全てを委ねられるわけがなかった。

「プレイもしないでクソゲーとか言わないでくれるかな。確かにフォーキングダムは駄目なところが多々あった。それは認めるよ。だからこそ今度のゲームは今までとは違うんだ。反省を踏まえて地底クエストはシンプルでよりわかりやすいデザインを指向したんだよ。それに細かい設定はシロウに任せてる。彼はそういうのが得意だからね」

「シロウの音沙汰がまったくないと思っていたのですが、この時点から地底クエストとやらのゲーム内にいたのですか？」

賢者シロウ。ザボラ地方を担当している研究者肌の青年だ。

シオンはそれとなく他の賢者の動向に気を配っているのだが、ある時期からシロウの行方がまるでわからなくなっていたのだ。

「うん。サブマスターとして活躍してくれてるよ。きっと今度こそはじいちゃんも喜んでくれると思う。で、この集会って僕に文句を言いたいってことなのかな？　だったら悪かったよ。すまなかったね」

ヴァンは渋々といった様子で謝った。クソゲー呼ばわりが気に食わなかったのか、若干不機嫌な様子だ。

「シロウはあなたのゲームに参加することを了承したのですか？」

「参加ってのとは違うかな。サブマスターだからプレイヤーじゃないよ。彼にはリソースの管理を行ってもらっている。リソース配分や、オブジェクトの詳細設定を行ってもらってるんだ」

つまりシロウはヴァンに生殺与奪権を握られた形でゲーム内にいるわけではないのだろう。

「で、この集会ってアオイの主催なんだよねぇ？　まさかヴァンに文句を言いたいだけってことはないんでしょ？」

アリスが訊いた。

「ああ。高遠夜霧についてだよ。彼について話をしたい」

「チッ！　あいつかよ」

「あぁ……あの子ねぇ……」

「以前にお目にかかった時にはずいぶんと焦燥しておられたかと思うんですが、話題にして大丈夫なのですか？」

「今のボクは直接体験したわけじゃないしね」

トラウマで脳が器質的な変化をすることもあると聞く。今のアオイは夜霧と出会う前なので脳は元の状態だ。記憶はあっても、実感が薄れているのかもしれない。

「ボクの賢者としての力が『英雄殺しの眼』だってことはみんな知ってるだろう？」

「あー、そんなんあったな。見たら敵が死ぬんだっけ？」

「違うよ。運命の流れを見られるんだよ」

アオイの主な力は二つ。『英雄殺しの眼』と、『努力だけが報われる残酷な世界』だ。

『英雄殺しの眼』は運命を見る力。『努力だけが報われる残酷な世界』は、自分の世界に相手を巻き込んでアオイが信じるように事象を改変する能力だ。

アオイはその強大な力で、賢者に近い力を持ちながら賢者に与《くみ》しない者たちを始末する殺し屋のような役割を担っていた。

「集会でとりあえず殺しとけって話になったのよねぇ。でもその夜霧って奴、私の前に現れたわけだからアオイは失敗したってわけぇ？」

賢者サンタロウが死に、レインが行方不明になったことに高遠夜霧が関わっている可能性がある。

シオンが召喚した賢者候補に過ぎないが、関わりがあるのならとりあえず殺しておこうと集会で決められ、アオイは高遠夜霧を始末するために動いたのだ。

「そうだ。失敗したよ。ボクはこの眼で見た。あれはこの世の終わり、運命の終着点だ。あれには誰も勝てない。これ以上余計な手出しをするべきじゃないんだ！」

「あぁ……そうだな……あれはもう放っておいたほうがいい」

普段ならこんな弱腰のセリフを吐くはずのないヨシフミが、力なく言った。

「だから提案がある。シオンから聞いたんだけど、高遠夜霧は賢者の石を集めて、その力で元の世界に帰ろうとしているそうだ。だから、賢者の石を渡して帰ってもらおう。あれをこの世界に留めておくのは非常にまずいんだ！」

シオンはパート2になってからすでにアオイに会っている。やけに素直に賢者の石を譲ってくれたので不思議に思っていたが、彼女にも考えがあったようだ。

「俺は渡してもいいぜ。帝都の城にいるから取りにくればいい」

ヨシフミはどこか達観した雰囲気になっていた。彼ももう、夜霧になど関わりたくないのだろう。

「では、私が行きましょう。今は私が高遠さんとの窓口になっていますので。アリスさんはどうします？」

「えぇ？　私はあんたらほど強いわけじゃないから賢者の石がないとちょっと困るんだけど！」

賢者の石は膨大なエネルギー源であり賢者に力を与えてくれる。

だが、一定以上に強くなった賢者にとってはそれほど必要なものではないのだ。

「では高遠さんにそのようにお伝えいたしますね。私としても家族を裏切るのは心苦しいのですが、高遠さんに脅された場合、対抗手段がありませんのでアリスさんの居場所などを教えてしまうかも……」

賢者間での争いは大賢者により禁止されているが、他者を介すればその限りではない。だが、シオンはアリスの居場所を正確には知らないので、これはハッタリでしかなかった。

「えぇ!?　うーん……仕方ないなぁ……」

嫌そうではあるが、アリスも賢者の石の譲渡に同意した。

パート1では、夜霧と一緒にいた何者かがアリスから賢者の石を奪ったという。また同じような目に遭うのも嫌だと思ったのかもしれない。

「ヴァンの賢者の石も提供して欲しいんだけど。君のことだから、賢者の石なんてどうでもいいと思ってるんだろ？」

アオイがヴァンに問いかける。

「うーん。どうでもいいと言えばどうでもいいし、余りの扱いは僕に一任されているから渡しても問題はないんだけど、だからって何でそんな知らない奴にあげなきゃいけないのかな？」

「であれば死ぬだけだ。君は高遠夜霧を舐《な》めている。彼がその気になれば、君は何もできないまま永遠の闇に沈むことになる」

「現状わかっている範囲でいえば、彼は任意の対象を即死させることができ、それはどれほど離れていようと関係がありません。そして、殺意を感知することができるため先制攻撃で殺すこともできないんですよ」

この説明だけでは夜霧の真の脅威を伝えることは難しいだろう。

実力がある者なら、即死無効能力だとか、蘇生すればいいだとか、即死攻撃への対策があると考えるのだ。

殺意感知に関しても、感知しても避けようのない速度での攻撃だとか、逃れようのない範囲攻撃に巻き込めばいいなどと考えてしまう。

それらも無駄なのだと説明したとしても、夜霧の力を体験したことがない者にはまるで実感がわかず、自分ならどうにかできると思ってしまうのだ。

以前のシオンもそうだった。自分が夜霧に負けるとは考えもしなかったのだ。

「うーん。正直に言うとそこまで強い奴がいるなんて信じられないな。シオンとアオイが言うんだから何かはあるんだろうけど、そのまま鵜呑みにするのはなぁ……じゃあこうしようか。その高遠くんには僕のゲームに参加してもらおう。そこで僕が彼を見極めてみるんだ」

「遊んでる場合じゃない！　高遠夜霧は災厄でしかないんだ！　事実、大賢者様の力でも高遠夜霧の影響は排除できてない！　機嫌を損ねない形で穏やかにこの世界から排除するべきなんだ！」

アオイが血相を変えてヴァンに詰め寄った。

「ちょっと様子を見てみるだけさ。それともそんなに問答無用なのかい、彼は？」

「先ほど高遠さんにお会いしたのですが、ヴァンのゲームにはそれほど興味はなさそうでしたよ？」

「ああ！　だったら賢者の石は地底クエストのクリア報酬に入れておくよ。これならアオイも文句ないだろう？　ゲームをクリアできれば石を入手できて彼はこの世界を去る。ゲームをクリアできないのならその程度の奴ってことだし脅威じゃないんだから。どうだい、これなら彼も参加せざるを得ないだろう？」

「承知いたしました。必ずお伝えいたしましょう」

面倒なことになったと思いつつも、これはこれで悪くはないかとシオンは考えていた。

逃げ隠れされるのが一番厄介なのだ。この状況なら、少なくともヴァンが持つ石の所在も入手手段もはっきりとしている。

ヴァンは適当な人間ではあるが、彼の能力で設定したルールは厳格に適用されるのだ。

「……わかった。だが、クリア報酬に君が持つ石を全て追加することを保証してくれ。この場での口約束では信用できない」

アオイは渋々ながらも受け入れる姿勢を見せた。

「あれ？　僕ってそんなに信用ない感じなのかな？」

「ねぇだろ。てめぇ、今現在進行中で何やらかしてると思ってんだ」

「わかったよ。アオイは後で僕のところにきてくれるかな。石を保管してるところに一緒に行って、その場で報酬として設定するから」

「後と言わずに今すぐに行こう。ヴァンのことだ。時間を置けば忘れる可能性があるよね？」

「ない。とは言いきれないのが辛いところだね。仕方ないか」

ヴァンは基本的に嘘はつかない。だが、約束をうっかり忘れることも、面倒になってすっぽかすこともあるのだ。

ヴァンとアオイの姿が消えた。会議を抜けたのだ。

賢者の石が報酬に追加されたならアオイから連絡があることだろう。

「じゃあ、お開きってことでいいか？」

「はい。ああ！　アケミとゴロウザブロウの居場所に心当たりはありませんか？」

手ぶらで帰るわけにもいかないだろう。シオンは、残りの賢者の石も集めておこうと考えた。

8話　セイラがあふれた世界で、拙者だけが襲われない

屋上からの階段を下りながら花川は悩んでいた。

シオンが賢者の集会に出かけて話し合いは終わり、解散となったのだ。

皆は先に行ってしまったので、花川は一人で歩いている。

「いやいやいや！　高遠殿と知千佳たんが一緒に行くのとか、諒子たんとキャロルたんが連れだっていくのとかはまだわかるのでござるよ！　鳳殿と三田寺まで仲良く二人並んで行っちゃうってどういうことでござるか！　いつのまにかコンシェルジュの方までいないでござるし！」

皆が当たり前のように連れ立っていくので、そこに割って入るのが躊躇われたのだった。

「さて。先ほどはこの世界に残ると言ったでござるが……この状況でどうすればいいものか……」

シオンがハーレムを作ってくれるということだったので甘んじようと思っていたが、セイラが蔓延《はびこ》る世の中になった状態でそんなことが果たしてできるのかとも思ってしまう。

「うう……セイラがあふれた世界で、拙者だけが襲われない。とかなら真のハーレム王って感じでござるが、そう虫のいい話はないでござるかね……いやワンチャンそーゆー都合のいいことがあっ

たりはしないでござるかね？　なぜか拙者にだけセイラ抗体があったりしてですね。ぐふふっ！　文字通り食料を餌にしたら誰も逆らえないのでござる！」

妄想するも、それを確かめようとはまるで思わなかった。

ホテルを覆う結界外の全ては危険地帯だろう。わざわざ出ていくなど正気の沙汰ではない。

「ま、ちょっと試しに外に出てみて、最悪の場合はゲームに転移するって手が一度だけ使えるのでござるが……」

謎の通信でいきなり伝えられたことであり、地下世界に瞬間移動するなど普通なら信じられないだろう。だが、花川は疑っていなかった。

ヴァンは嘘をつかないタイプに思えたのだ。

「でも、あのヴァン殿が作ったゲームでござるよね？　学園であれこれ世話してもらいはしましたが……あれは信用できないでござるなぁ……」

花川を助けてくれようとしたのは本当だろう。だが、そのためには周囲の者を洗脳してもいいと言っていた。つまり善悪の区別があまりないタイプの人間なのだ。この手の輩《やから》は、親切心から非倫理的なことをしでかしても不思議ではなかった。

「地底クエストって言われても何をやらされるものかさっぱりわからないでござるし……ま、しばらくはここも安全でござろう。食料の心配はあるでござるが、シオン殿は自分と周囲の者をテレポートできるぐらいですから、食料を運ぶぐらいはわけないことなのでござるよ！　一生ここで過ごせと言われるとさすがに嫌でござるが……まあ！　そーゆーのはどこかにいる主人公気質な奴がいつのまにか解決してくれたりするものでござる！」

自分で解決する気はないし、そもそもできるわけがなかった。

「てかですね！　高遠殿でしたら、似たようなことができるのではないですかね!?　何だって殺せるわけですからセイラがいようとなんだろうと移動は自由でござるわけですし！　なんだってああやる気がないんでござるか！　せめてやれやれとか言いながらでも人助けをしたりして、何かやっちゃった？　とか言ってろでござる！　拙者があんな力を持っていれば、もうそれこそやりたい放題、異世界無双でハーレム三昧でござるよ！」

ぶつくさと言いながら花川は階段を下りていく。

「ま、憤懣《ふんまん》やる方なしではありますが、今の拙者はそれはもう寛容なのでござる。なにせ拙者のハーレムが約束されたわけでござるから」

花川は深刻なことは棚に上げて、とりあえずはこの高級そうなホテルを満喫することにした。店やレストランは一階に集中しているので、まずはそこに行くことにしたのだ。

「ではレストランで食事……はどうなんでござるかね？　食材に不安があるならやってない可能性が……」

だがその心配は杞憂《きゆう》に終わった。

レストランの食材を節約してもたいして意味がないのか、それとも食糧不足のことなどまるで考えていないのか。いかにも高級料理店という風情のレストランは絶賛営業中だったのだ。

「一番いいのを頼むでござるよ！」

今の花川はギフトを持っていないのでアイテムボックスは使えず大金を用意することはできない。だが花川が賢者の関係者であることはレストラン側も知っていたようで、すぐに席に案内された。

「そういえばまともな食事は久しぶりなのでは？　これは期待が高まりますな！」

期待に胸を膨らませながら花川はあたりを見回した。調子にのって適当な注文をしたので、どんな料理が出てくるのかまるでわかっていなかったのだ。

店内にいるのは数組だけだった。さすがに避難でやってきた街の人々が押しかけることはなかったようだ。

花川は近くのテーブルに注目した。そこでは裕福そうに見える家族が食事をしていて、数人程度では食べきれないほどの料理が所狭しと並べられている。

「お、おおう……高級レストランにしては思ったよりワイルドな感じですな。何かの丸焼きがどかんと中央にあるのでござるが……あれはどうやって食べれば……」

何の生き物かわからないが、こんがりと焼かれた四つ足の獣がテーブルの上で異様なまでの存在感を示していた。

「ま、まあ……香ばしくて食欲をそそる匂いが漂ってきておりますし……きっと美味しいのでござるよ！」

少々不安な点もあったが、花川は無理矢理ごまかした。そうそう変なものは出てこないはずだ。しかし、そんな不安はなかなか料理が出てこないという別の不安で上書きされてしまった。ずっと待っているのに一皿も料理が提供されないのだ。

「んー。一番いいのは一番時間がかかるのでござろうか……こんなことならすぐに出てくるものを頼めば――」

時間がかかるようなら、すぐに提供できそうなものを別に頼むか。花川が逡巡していると奥の厨房で大きな音がした。

金属質の物が派手に落ちるような音、食器類がいくつも割れるような音、そして微かな叫び声だ。

「ものすごく嫌な予感がするのでござるが……で、でもまあレストランでこんな音がすることはまれによくある――そう！　ドジっ子新人美少女シェフが拙者のために作っていた、まさにこれから提供しようとしている皿をうっかり全部勢いよく床にぶちまけてしまった！　そんなこともあるのかもしれないでござる！　この場合！　そのドジっ子新人美少女シェフが拙者に直接謝りにくるのが筋というものなのでは!?」

今すぐ立ち上がり即座に逃げ出したほうがいいのかもしれない。だがもしかすればドジっ子新人美少女シェフが申し訳なさそうな顔をしながらやってくるかもしれない。

花川が迷っていると、近くのテーブルにいた家族の主人らしき男がテーブルに突っ伏した。料理が派手に吹き飛び、一緒にいた妻や子供たちが悲鳴をあげる。

それだけなら急病で倒れたのかと思うところだが、男の背からは何本もの奇妙なものが生えていた。まるで腸が背中を突き破って出てきたかのようなそれは、うねうねと動いて手当たりしだいに料理に絡みついている。

「ゾンビモノあるあるでござるよねぇ！　建物を完全に封鎖してこれで安心とばかりに閉じこもってみたものの、実は感染者はすでに中にいたので余計に追い詰められただけだったのだ！　ってやつでござるか！」

花川は、倒れた男がセイラに感染していると直感した。この状況でまったく関係のない寄生生物が体内から飛び出してきたなどということはないはずだ。

男から伸びた触手が妻や子にも絡みつく。すぐに何か起こるわけではないようだが、別のところに急速な変化が訪れていた。

丸焼きの肉の塊だ。完全に息絶えて調理されていたそれが、ぴくぴくと動きはじめている。

切り落とされていた足が生え、こんがりと焼かれていた身体には獣毛が生えだしている。

そして、似たような変化は他の料理にも発生していた。皿の上では蘇った魚や海老が跳ね、スープの中には何かが蠢き、サラダが瞬く間に増殖してテーブルを緑で覆いはじめているのだ。

「はっ！　思わず呆然と見てしまいましたが、さっさと逃げるでござるよ！」

花川は椅子から立ち上がり、ゆっくりと後退《あとずさ》った。

幸いというべきか、感染して動きだした食材たちは花川を狙っていなかった。まずは手近にいた人々に襲いかかっているのだ。

「慌てず騒がずゆっくりとでござる。そうこんな感じでこのまま出口へと……もしや拙者は襲われないとかいうことはないですかね？」

だがそんな儚《はかな》い希望はすぐに潰《つい》えた。

感染が完了したのか、異形と化した家族連れがいっせいに花川を見たのだ。

「拙者だけが襲われないとかそんなことあるわけないでござるよね！」

こうなってはゆっくりと逃げている場合ではない。花川は出口へと一目散に駆けだした。

レストランを出てロビーへと向かう。セイラ感染者はすぐには追ってこなかった。どうやら素早くは動けないらしい。

「これはもしや走って追いかけてはこない古典系ゾンビパターンでござるかね？」

だが、騒ぎはロビーでも起きていた。

虚ろな目をしたどこか歪な姿になった人々が、周囲の人に襲いかかっているのだ。

「とりあえず上へ逃げるでござるよ！」

どうにか外へ出たとしても意味はない。外はすでにセイラで溢れているだろうし、結界を通過できるかもわからないからだ。

花川は階段へと走った。

何かが追ってきた。それも全速力でだ。

「走る系も混ざってるとかやめてもらいたいのでござるが！」

だが、追ってくる相手は花川以上の巨漢だった。そのためなのか、それほど足は速くない。

しかし、ギフトの使えない素の花川の足もそれほど早くはないのだ。

「うぅ！　どたどた走ってるデブが二人って何の絵にもならんでござるな！　命のかかってるこの状況でなんでござるが、もう少し緊迫感が……って全力で走ってもじわじわ追いつかれてる時点でどうしようもないのでござるが！」

だからといって立ち止まることもできない。花川はどうにか階段に辿り着き上りはじめた。

「階段……が……きついのでござるが……」

追ってきた巨漢も階段には苦労しているようだ。セイラに感染しても身体能力が上がるわけではないらしい。

「ですが、逃げたところで……と！　拙者にはこんな時に頼りになる絶対的守護神！　高遠先生がいるではないですか！　どうにか……って五階ぐらいにいるんでござるよね？」

まだ二階にも辿り着いていない状況では、五階はとてつもなく遠く思えた。

「ま、まあ、追ってくるあいつも疲れてるようですし、このままならどうにか……」

油断できる状況では全然ないのに楽観的にそう考えていると、巨漢の後ろから足音が聞こえてきた。

そして、すぐにその足音の持ち主たちは、巨漢を押しのけて花川に迫ってくる。

「はは……まぁ……不死身になって仲間を増やしたくなるというだけでしたら……うわっ！」

諦め立ち止まった瞬間、花川は唐突な加速を感じた。疲れ果てた身体が二階に向かって飛んでいくのだ。

あっという間に花川は二階に辿り着いた。

「何が？　え？　拙者覚醒？　ピンチで隠れていた力が発揮されたでござるか？」

「手荒なことになってしまいまして申し訳ありません。お怪我はないですか？」

そう言うのはホテルのコンシェルジュ、セレスティーナだった。

何が起こったのかと振り返り階下を見る。

追ってきていたセイラ感染者たちは一階にまで転げ落ちて、動きを止めていた。

「もう少しこちらへ」

言われるがままにセレスティーナに近づくと、防火扉がひとりでにしまった。

「これはいったい？」

「こちらですね」

そう言ってセレスティーナが手を前に出す。そこにはほとんど透明にしか見えない糸の塊があった。

「この糸で花川様を引き上げ、追ってきた方々は糸で縛り付けて階下へと落としたのです」

「なにゆえにホテルのコンシェルジュにそんな能力が！」

「手慰みで覚えたものでございます。普段はそれほど役に立つものではありませんが、こんな場合には多少は使えるものですね」

「いやぁ、糸使いでござるかぁ……糸使いは強キャラ感あるでござるよね！」

「ふふふっ。恐縮です」

「ですがその、ここを閉めてしまっては下の人が、その……」

一人で逃げてきたくせに何を言っているのかというところではあるが、自分が安全な状況になれば多少は気になってしまう。

「大変申し訳ないとは思うのですが、一階にはスタッフと避難してこられた方しかおられないのです。そして私はホテルに宿泊中のお客様の安全を最優先しております」

つまり、客でないものはあっさり見捨てたようだ。

「えーと……ではここは安全でござるか？」

「これも申し訳ないのですが、そうとは言いきれません。一階への通路は全て遮断しましたが、防火扉にはそれほどの強度はないのです。それにあの生物の生態から考えますと、通気口などを通ってやってくることは十分に考えられるでしょう」

「ではこれからどうすれば？」

「このままここにいても全滅は時間の問題かと思われます。どうにかして別の安全な拠点を探すべきかもしれませんが……空から敵が降ってくるためそれも望み薄です。現状では賢者様のお力におすがりするぐらいしかないかと思います」

「それは賢者のヴァン殿の言ってたやつですよね。本当に大丈夫なのでござろうか？」

「転移するという話は本当かと思いますよ。そんな嘘をついても何の意味もありませんし」

「しかし、地底クエストをプレイするって言うだけで転移するって言われても……あ！」

「あ！」

まさか花川がキーワードを口にするとは思わなかったのか、常に余裕の笑みを浮かべていたセレスティーナが焦りを見せた。

花川の身体がぼんやりと輝く。

「その……お気を付けていってらっしゃいませ」

「いや、そのどうにかならんでござるかね！　今行く気はまるでなかったのでござるが！　こんな簡単な、いつ口に出してしまうかわからない言葉が転移のキーワードだなんておかしいでござるよ！」

「日常生活であえて口に出す文字列とも思えませんが……それはともかくとして私の糸を花川様の身体に結びつけておきました。私も、そのうちにそちらに伺うことになるかと思いますので、その際には何かしらお手伝いできることもあるかと存じます」

そして、花川の姿がホテルの廊下から消えた。

9話　なにやら異世界転生モノの導入のような光景

花川は、何もない白い空間に浮かんでいた。

キーワードを言えばすぐにゲームの舞台に転移するのかと思いきや、そういうわけでもなかったようだ。

「あー。拙者はこれまで経験なかったのですが、なにやら異世界転生モノの導入のような光景でござるな……たいていの場合、このあたりで女神やらが出てきてチート能力を与えてくれるのでござるが……」

花川がこれまでに経験した召喚はいずれも唐突なものだった。気付けば異世界にいるパターンばかりだったのだ。

「残念ですね。女神のような威容ではありますが私なのです」

そう言ってふいに現れたのは賢者シオンだった。

「おっふっ！　唐突ですな！　なにやらの集会に行ったのではなかったでござるか？」

「いえ、これは私自身ではないのですよ。バトルソングのインストールを手配しておくと先ほど言いましたよね。それがこれです。ヴァンのゲームもバトルソングを利用したものですので、ゲーム開始処理にインタラプトしてクライアントインストール処理が実行されるようにしておいたのですね。私はそのインストール手続きのUIに過ぎないのです」

「それはシオン殿の姿でないと駄目なのでござるか？」

「そういうわけでもないのですが、インストールの可否は訊かねばなりませんしね。はい、いいえのダイアログが出るだけでは物足りなくはないですか？」

「ダイアログで事足りている気もするでござるけどねぇ？」

　シオンにこれまでにされたことを考えると無駄に警戒してしまうので、機械的に進めてくれたほうが精神衛生的にはいいだろう。

「それでどうされますか？　何も考えずにインストールすればパート1と同じクラスになる可能性が高いですが、強い思いがあれば前回とは異なるクラスになる可能性はあります。もちろんインストールしなくとも結構です」

「おや？　ヴァン殿に賢者ならバトルソングを自在に操って好きなクラスやら能力やらを付与できると聞いたのですが」

　パート1でヴァンに出会った時、花川はヴァンにレベルを上げてもらったり、スキルを増やしてもらったりしたのだ。

「誰でもですか？　少なくとも私にはできませんよ。私にできるのはクライアントのインストールによるランダムなギフト付与ぐらいですね」

「くそっ！　あれは自分のできることは他人にもできると言わんばかりの最もむかつくタイプのマウントでござったか！」

「彼はそんなところがありますね。無自覚にやっているようですが」

「ま、なんにしろインストールしないという選択はないでござるよね。デメリットはないに等しいわけでござるし。あ、拙者の場合、バックアップからのリストアとかおっしゃってたような気がするのでござるが、それはどうなるのでござる？」

「リストアでもいいですし、新規インストールでもいいですよ。リストアであれば以前と同じクラスに確実になることができますしレベルは以前のままです。新規インストールの場合はレベル１からになりますし、クラスが何になるかはわかりませんので使い物になるかは賭けになりますね」

難しいところだった。

ヒーラーは戦闘能力に秀でているわけではないが生存能力に優れている。化物じみた能力があるわけではないが、それなりに有用でそこそこには使えるのだ。しかしレベルは99で頭打ちでありそれ以上には成長しない。

一方、新規インストールではどんなクラスになるかわからないしレベルも１からだ。状況によっては何もできず死ぬことになるだろう。だが、クラスによっては限界突破系のスキルがあるので、ヒーラーなどとは比べものにならないほどに成長できる可能性もある。

すぐにそこそこ使える成長性のない能力にしておくか、何が出るかわからないが限界以上に成長できる可能性に賭けるか。

「うーん……まぁ……ヒーラーではじり貧感があるでござるし……ここは一つ、新規インストールでお願いするでござる！」

「承知いたしました。メンタルアシストはどうしますか？」

「あの好戦的になるとかどうとかでござるか？」

「はい普通の高校生であればモンスターを殺したり、ましてや人を殺すことに激しい抵抗を感じるかと思いますし、その精神状態では戦闘もままならないでしょう」

「そこそこぐらいにしてもらえれば……」

「では、アシストレベル３、覚悟を決めると精神が落ち着く。ショックを受けても立ち直りやすい。ぐらいにしておきますか？」

「ちなみにそのレベルの最大値はいかほどで？」

「最大レベルは10ですね。パート１では一律に６にしておきました。こちらは殺人に忌避感がなくなり、発情しやすくなり、問題の解決に暴力を用いやすくなるぐらいの設定です。10ですと道を塞ぐ邪魔者はとりあえず殺そう、見かけた異性はとりあえず襲おうぐらいには好戦的になります」

「３で」

「承知いたしました。では始めましょうか」

「ちょっと待っていただきたい！　少しばかり精神統一をしたいのでござるが！　強い思いがクラスに影響を与えたりするんでござるよね！」

「おそらく何をしたところで変わらないと思いますが」

「どうせしょーもないクラスになるに決まってるって眼で拙者を見るのはやめていただきたいでござる！」

「わかりました。では一分お待ちしますね」

花川は深呼吸をした。

どんなクラスにしたいか、どのようなスキルが欲しいのかを具体的にイメージし、それだけを集中して考える。

「はい。ではインストールしますね」

「え？　もう一分経ったでござるか!?」

まだ心の準備ができていない。そう訴えようとしたが、目の前は様々な画像や文字で埋め尽くされた。

バトルソングクライアントの起動シーケンスだ。インストールはすでに終わってしまっているので、今さら何をイメージしようと意味はないのだろう。

しばらくして、カラフルな文字や画像の奔流は消え去り、ステータスが表示された。

インストールされたクラスはモンクだった。

「あら。上位職ですね」

想定外だったのか、シオンが意外そうに言った。

「UIとか言うわりには以外に反応にバリエーションがありますな。まあいいでござるよ。今の拙者なら全てが許せそうでござるし！」

花川は分が悪い賭けだとは思っていなかった。

モンクには一度なったことがあるし、どのようなクラスなのかイメージできたのだ。漠然とすごそうなクラスになりたいなどと願うよりもよほどなれる可能性が高いと考えていた。

スキルは、レベル上限突破、ヒール、オートヒール、アイテムボックス、ステータス鑑定、格闘、練気、気弾、看破、鉤爪《かぎづめ》マスタリー、槍《やり》マスタリー、棍《こん》マスタリーと、ヴァンにモンクにしてもらった時とほぼ同じものが揃っている。これらはモンクに最初から備わっているスキルなのかもしれない。

もちろんレベルは1だが、ちょっと上げればすぐにヒーラーを超える強さになるだろう。

「ということで私が干渉できるのはここまでです。転移処理に割り込んでいるだけですので、インストールが終われば元のフローに戻るのですね」

そう言うとシオンの姿は消え、花川は大地の上に立っていた。

＊＊＊＊

知千佳はベッドの上でごろごろとしていた。

シオンが戻ってくるまで特にするべきこともないからだ。

「とはいえこの状況は宙ぶらりんで気持ち悪いよね……」

『することがなければ修行でもすればよかろうが』

「えぇー？　今？　ここで？」

『こちらに来てからの修行はリセットされてしまっているかもしれんからな。確認しておいたほうがよいかと思うが』

知千佳は壇ノ浦流の奥伝までしか修行しておらず、旅の途中にもこもこの指導を受けていたのだ。

ちなみに壇ノ浦流の伝位は、初伝、中伝、奥伝、皆伝となっていて、そのさらに上に真伝が存在している。

もこもこは真伝を授けようとしたのだがいきなりは無理なので、まずは皆伝を目指して修行を行っていたのだ。

「記憶はあるわけだし、大丈夫なんじゃないかな……」

とは言うものの全てが夢だったことになっていずれは記憶が曖昧になっていくとも聞いた。

せっかくやった修行が台無しになるのも困るので、知千佳は起き上がり一通りの形を行った。

もともと壇ノ浦流の最高傑作としての身体を持っている知千佳なので、形はすぐに馴染んでいった。

「こんなもんかな」

『その調子なら問題なかろう。もう少しで皆伝に至り、ようやく真伝の修行に入れる』

「この世界で武術が役に立つ気があんまりしないけどね……ん？」

『どうした？』

「何か変な気が……」

形稽古で研ぎ澄まされた感覚が微妙な違和感をとらえた。

常人では感知できないような、微かな建物の揺れを察知し、そこに漠然とした脅威を感じたのだ。

「下のほうかな？　何かあるような……」

『我が見てこよう』

そう言ってもこもこは床に沈んでいった。

「もこもこさんの移動制限ってよくわかんないよね……まあ、このホテルの範囲内ぐらいなら大丈夫なのかな？」

もこもこは知千佳の守護霊なので、知千佳から離れることができない。それは異世界転移しようと離れられないほどの強力な制限だ。

だが、上下方向への移動にはそれほど制限がないらしく、偵察の時にはよく空高くに飛んでいたのだ。

しばらくして、もこもこが戻ってきた。

『かなりまずい状況だ。一階はセイラに感染したと思われる者で溢れておる』

「え？　結界で侵入は防いだんじゃないの？」

『結界生成時にはすでに内部におったのやもしれんな。とりあえず一階と二階は行き来できぬように封鎖されておったが、いつまで持つものか』

だがもこもこの懸念にはすぐに回答が出た。

窓ガラスが割れて、部屋に何かが入ってきたのだ。

「一瞬も持たなかったな！」

『こやつら、以前とはかなり様子が異なるな。空ではここまでアクティブではなかったし、姿もかなり変わっておる』

窓から入ってきたのは、人間の手足が刃物のように鋭く尖《とが》った生物だった。

『触れられるなよ』

「死ね」

背後から夜霧の声が聞こえてきた。当然のように、窓から入ってきた化物は倒れて動かなくなった。

「高遠くん！」

振り向くと夜霧が立っていた。ドアが外れているので、ドアを殺して部屋に入ってきたのだろう。

リュックを背負っているので、そのまま逃げるつもりのようだ。

「無事？」

「なんとかね」

夜霧の部屋にもセイラが入ってきて、知千佳も危ないと思って急いでやってきたとのことだった。

「この感じだともう安全な場所はなさそうだ」

そこかしこで窓ガラスが割れる音と、叫び声が聞こえていた。

『現在、当ホテルは謎の生物による襲撃を受けております。防壁を閉鎖するなどの処置は行いましたが、謎の生物は外壁を登り、窓を割って侵入してくるため皆様の安全を保証しかねる事態となっております。そこで皆様には賢者様のご提案を受け入れていただければと思います。キーワードを口にすると転移することは確認できています。身の危険を感じたのなら、躊躇わずに転移してください。また、転移を望まれない方は屋上へ移動してください』

どうしたものかと考えていると館内放送が聞こえてきた。声からするとコンシェルジュのセレスティーナらしい。

「ファンタジーっぽい世界かと思ったら放送とかはあるんだよね」

『異世界からの技術流入があるようだしな』

「とりあえず屋上に行こうか。シオンが帰ってくるのも待たないといけないし」

廊下に出て、階段を上り屋上へと向かう。途中にもセイラ感染者はいたがそれらは夜霧があっさりと処理していった。

どうやら元の人格や意識はそれなりにあるようだが、躊躇せずに対処するしかないだろう。

屋上に辿り着いたが、そこにいるのはセイラだけだった。外壁を登れるのだから、屋上へくるのも容易《たやす》いことなのだろう。

生き残りがいる様子はないので、ここまで来られたのは知千佳たちだけのようだ。

「これ、もう駄目な感じだな」

この調子ではかなりの人間が感染してしまっているはずだ。

階下にも生き残りがどれほどいるものか。転移で逃げていてほしいと願うしかなかった。

「とりあえず屋上にいる奴らは片付け――」

夜霧はいつものように力を使おうとしたのだろう。だが、化物たちはその場に崩れ落ちることなく、屋上から吹き飛ばされて落下していった。

「遅くなってしまい申し訳ありません。混乱していた方たちを救出するのに時間を取られてしまいまして」

やってきたのはセレスティーナだった。

「今のはセレスティーナさんが？」

夜霧が不思議そうに訊いた。

「はい。階下にいた生存者の皆様には転移していただきました。残っているのは高遠さん方だけなのですがいかがなされますか？」

「シオンが戻ってくるの待たなきゃいけないんだよ」

皆が地底クエストに転移してしまったのなら、知千佳たちだけがここにいても仕方がないだろう。

だが、シオンは地底クエストには参加できないと言っていたので、転移してしまうとシオンと連絡を取るのが難しくなる。

「わかりました。それでは少々時間稼ぎをさせていただきます」

セレスティーナがくるりと回り、両手を大きく振る。それはさながら踊っているかのような優雅な動きなのだが、知千佳はその手の先にある物に見覚えがあった。

普通なら見えないほどの極細の糸が、セレスティーナの両手から伸びているのだ。

糸は複雑に絡み合い、どんどんと伸びていき、ドーム状になって屋上を覆った。

「あれ？　それって……あ！　塔の試練で！」

豪剣位のテレサ。

塔での試練で勝手に試験官のような真似をして襲ってきたメイド服の女だ。

彼女は糸状の細い剣を用いていたのだが、セレスティーナの使っている糸もテレサと同じものに見えたのだ。

「塔の試練というと聖王の騎士になるためのものですね。ということは妹に会われたのでしょうか」

「それってテレサさん？」

「はい、不肖の妹ですね。何やら問題を起こして再試験を受けるとは聞いていたのですが……ご迷惑をおかけしたのではないでしょうか？」

「迷惑っていうか……確かテレサさんって元王族と聞いたような。じゃあセレスティーナさんって何者なんですか!?」

まさか殺したとも言えないので、知千佳は話をごまかした。

塔の試練で一緒に行動したこともあるリチャードはマニー王国の第三王子であり、その彼がテレサを元王族だと語っていたのだ。

素直に考えれば姉のセレスティーナも王家に連なる者になってしまう。

「私はただのコンシェルジュですが」

「ただのコンシェルジュは糸で結界作ったりしませんよ!?」

外壁を登ってセイラがやってきているが、屋上を覆う糸に絡まったのか宙に浮いたようになって固まっていた。

「コンシェルジュですからこれぐらいは当然かと」

「この世界のコンシェルジュに求められる能力が異次元すぎる……」

知千佳が困惑していると、唐突にシオンが現れた。

「お待たせいたしました」

「どうだった？」

「まずはこちらを。賢者の石を四つ集めてきました」

夜霧が訊くと、シオンがどこからともなく透明な丸い石を取り出した。

ヨシフミ、アリス、ゴロウザブロウ、アケミが持っていた石とのことだ。

すでにもらっているものと合わせればこれで七つ集まったことになる。

石を受け取った夜霧はそれらをリュックに入れた。

「序盤で一気に集まり過ぎだな！」

「残りは、賢者ヴァンとシロウの二名が所持しています。ヴァンが所持しているものについては、地底クエストのクリア報酬になっています。シロウも地底クエストのサブマスターとして地底にいますので、残りの石を全て集めたければ地底に行くしかないでしょう」

「まあ、この状況だと行ってみるしかないか」

夜霧が淡々と言う。

クラスメイトたちも地底に転移したようだし、知千佳たちだけが地上に残ってもできることはそれほどないようだ。

「セレスティーナさんは？」

「私は、高遠様方の転移を見届けてから参りたいと思います」

「わかったよ。じゃあ行こうか」

そう言うと夜霧はなにげなく知千佳の手を握った。

「なっ！　何で!?」

まったく予想外の夜霧の行動にドギマギとしながら知千佳は訊いた。

「いや、転移したはいいけど別々の場所に行っても困るし。手を繋いでおいたら同じ場所に行けるかなって」

「そ、そうなの!?」

『なんとなく、いつもの大義名分があれば触っとこうってやつのような気がするのだが……』

「転移先がどのようになっているかは私もわかりかねるのですが、ヴァンの性格からするとあえて分断はしないかと思いますね」

しかし、会ったこともないヴァンとやらのことをどこまで信用できたものか。念のために知千佳も手を握り返した。

「じゃあカウントダウンするから同じタイミングで。3、2、1、地底クエストをプレイする」

知千佳と夜霧が同時に地底クエストのプレイを宣言した。

＊＊＊＊＊

目の前が一瞬まばゆく輝いたかと思うと、あたりの景色が一変していた。

足下は乾いた荒野になっていて、周りには木造の建物がいくつかあるという状況だ。様子からすると何かの集落らしい。

地底クエストが何なのかまったくわかっておらず、危険な場所に出現する可能性も考えていたが、少なくとも人が住んでいる環境のようだ。

隣を見てみると、手を繋いだままの知千佳が立っていた。手つなぎに効果があったのかは定かではないが、離ればなれにならずに済んでよかったと夜霧は安心した。

「大丈夫？」

「うん。特に異変はないように思うけど」

知千佳が手を離し、自分の身体を触って確認する。持ち物や衣服はそのままに転移してきたようだ。

夜霧も念のために持ってきたリュックを確認したが、賢者の石は七つ入ったままだった。

空を見上げれば光る球体がかなりの上空に浮いていて、そのさらに上空には岩盤があった。

一見わかりにくいが、地底クエストと言っているのだから、地下にある空洞を利用した場所なのかもしれない。

「で、どうする？」

「とりあえず目の前の建物にでも入ってみようか。看板に何か書いてあるな」

夜霧は書かれている文字を読もうとしたが、癖が強すぎてすぐに判読できなかった。異世界文字を習得したつもりでいたがまだまだ勉強は必要なようだ。

「あ、ちょっと待って！　私が読んでみる」

「どういうこと？」

『転移中に、バトルソングをインストールするかを訊かれてインストールしたのだ。もちろん、我が間に入って知千佳には危険がないようにしているので安心するがよい』

シオンによるバトルソングクライアントのインストールではデフォルトで異世界言語能力が付加されるとのことだった。

読み書きも会話も自在にできるようになるのだ。

「もこもこさんが大丈夫だっていうならいいんだけど」

「えーと……冒険者ギルドだって。って、冒険者ギルド!?」

そう言われると、そのように書いてあるように夜霧にも見えてきた。

「異世界で散々に振り回された挙げ句に今さらこんなベタなのが出てくんの!?」

「とりあえず入って、中の人に話を聞いてみよう」

夜霧は、受付嬢とかがいて冒険者登録とかするのかなと暢気《のんき》なことを考えていた。

10話　幕間　こんなに美しい女神様があなたに随伴するのよ？　感涙するといいわ！

マニー王国の第二王子、ダリアンは気付けば天幕の中で横になっていた。

訳がわからずにあたりを見回す。

ひどく混乱していた。今がいつで、どこにいるのか、何をしていたのかがすぐに思い出せなかったのだ。

――吸血鬼……半魔を回収する旅をしていて……。

だが、よくよく考えればそんなことはなかったような気もしてきた。

「ジョルト！　いるかい!?」

大声で部下に呼びかける。

大柄な男が天幕を開いて入ってきた。

「ダリアン。呼んだか？」

ジョルトは転生者であり、前世の記憶を持っていて、赤ん坊のころから鍛えた力を持っている。

いつだったかダリアンに絡んできたので返り討ちにし、それ以来手下となっているのだ。

「今はいつで、ここはどこだろう?」

「ダリアンも同じ状況か。今は聖暦1852年、陽の節、序の巡、亀の日……のはずだ。国境付近から王都へ戻っている途中で野営をしているはずなんだが」

ダリアンは前世の記憶を持つ者たちを集め、世直しのために国内を漫遊していた。今もその最中のはずなのだが、何を目的に行動していたのかがひどく曖昧だった。

何かの事件の情報を得て、その解決に動いていたような気がするのだ。

「……半魔が強奪されているという事件に覚えは?」

「……覚えはあるんだが……でもそんなことは起こってないはずだよな?　……このあたりで精神に影響するようなガスでも出てるのか?　皆の様子もおかしいんだが」

これから先に起こることを知っているのなら、時間を逆行したのかもしれない。普通ならそんな発想には至らないだろうが、ダリアンは自然にそう考えた。

なぜなら、ダリアンは時間を戻してやり直す能力を持っているからだ。

だが、時間を戻せるのは最大十日ほどまでだし、周囲の者まで一緒に戻ることはない。それにいつもなら副作用で頭痛と吐き気がしてひどく不快な気分になるのだが、今は混乱はしているが体調には影響がなかった。つまり能力での時間遡行とは様子が異なる。ダリアンは漠然とした不安を覚えた。

「念のため、撤収の準備を進めておいてくれるかな」

「わかった……なあ、ロバートって奴に心当たりあるか？　そんな奴、この軍団にはいないはずなんだが、なんだかずっと一緒にいたような気がしてよ……」

「ロバート……」

言われてみれば、そんな名前の酷薄な性格の部下がいたような気がしてきたし、実際に軍団で活動を共にしていたはずだと思い出してくる。

しかし、不思議なことにこの軍団にそんな者は最初からいなかったとも理解しているのだ。

「……確か、馬から落ちて……」

――いいぜ、殺すってのなら俺をやってみろよ！

そう言って威勢良く馬を進めていく姿が思い出される。ロバートが向かう先にいるのは、黒髪の、日本人の少年だ。

「確か……あの少年は……」

思い出すな。

心の奥底で何かが警鐘を鳴らす。だが、ロバートを起点に記憶は波紋のように広がり、次々に新たなイメージを呼び覚ましていく。

半魔が奪われている事件を追い、吸血鬼が関わっているとわかった。

その吸血鬼を追っていった先にその少年はいたのだ。

強奪した半魔を返せというダリアンの真っ当な主張を彼らは拒否した。

デモンストレーションで近くにあった山を消し飛ばしたが、それでも彼らの決意は変わらない。

そして、彼は、高遠と呼ばれていた少年は、任意の相手を殺すことができると言ったのだ。

――そうだ。僕はそれを目の当たりにした。

何人もの仲間が、何もすることもできずにただ殺され続けた。

だが、それでもダリアンは勝てると思った。ダリアンは時間を止められる。どれほど強力な力だろうと、時間を止めてしまえば何の役にもたたないからだ。

ダリアンはその少年を殺すと決めて、時を止めたのだ。

それ以上思い出すな。

警鐘がさらに激しく打ち鳴らされる。

だが、記憶は止めどなく溢れ出てきてしまって、せき止めようがなかった。

ダリアンが少年を殺そうとした時、それは現れた。

空間を埋め尽くすように現れた無数の瞳。それが一斉にダリアンを見つめたのだ。

「え？」

物思いに沈んでいたダリアンは、周囲に溢れる気配に顔を上げた。

目。眼。瞳。

様々なそれらが、無数に存在していた。すぐ傍の空間に、天幕の布に、出ていこうとするジョルトの背に、眼は現れているのだ。

「うわああああああああああああ！」

「ダリアンどうした！」

ジョルトが駆け寄ってくる。

ダリアンは思い出した。

この世には絶対に触れてはならない存在がいることを。

それを認識してしまえば、どこへ行こうと、時間を逆行しようと逃れようがないことを。

ダリアンが再び正気を失うまでに、たいした時間はかからなかった。

＊＊＊＊

気付けばライニールは薄暗い廃墟の中にいた。廃墟といっても朽ちかけた掘っ立て小屋などではなく、歴史を感じさせるような石造りの遺跡の中だ。

一瞬、何が起こっているのかさっぱりわからなかったが、意外にも彼の立ち直りは早かった。

なぜなら、ライニールはやり直し能力、『千鳥足の漂流者《ランダムウォーク》』を経験したことがあるので、いきなりの場面転換にも慣れていたのだ。

「あれ？　でも『千鳥足の漂流者《ランダムウォーク》』は女神様が使えなくしたって言ってたような……」

使えたとしても、『千鳥足の漂流者《ランダムウォーク》』は死ぬ度に時間を遡行してやり直す能力なので、この状況はおかしかった。

ライニールには死にそうになった記憶がないのだ。

ＵＥＧと聖王の戦いを見届けたあと、超幸運状態になったライニールは特に何事もなく過ごしていた。ここに至る直前の記憶は食事の最中であって、まさか食中毒でいきなり死んだわけでもないだろう。

「えーと。とにかくここを出ないと……ここはどこでしたっけ？」

ライニールはこの場所に見覚えがあった。

確か、マニー王国の王都から少し離れた場所にある遺跡のはずだ。特に何もない古びた場所であり、人々が立ち寄ることはない。今もここには誰もいないはずだ。

ではなぜそんなところにライニールが一人でいるのかといえば、人がいないほうへと逃げたためだ。

ライニールは追われていて、追っ手は周りに人がいるかなど関係なしに襲いかかってくるのだ。

ライニールはその追っ手に何度も殺され、その度にやりなおしては逃走方法を模索した。その試行錯誤の結果、ここに辿り着いたのだ。

「え？　でも、僕ここでも……」

けっきょく、ここへ逃げ込んだのは失敗だったのだ。追っ手はここにもやってきて、ライニールを斬殺した。

ただ、ここではそれなりに長く生き延びられたような覚えはあった。

こういった古い土地や遺跡だと、その敵はライニールを見失うことがあるのだ。

「よし！　落ち着こう！　これから先に起こることを知ってるってことは、それを回避できるかもしれない……ってことだし……」

この状況が以前に自分が死んだ時と同じなら、どれだけ正確に思い出せるかが生存の鍵となるはずだ。

何か印象的なことを思い出そうと集中する。比較的簡単に思い出せたのは、自分が死んだ場所だった。天井が崩れて青空が見えていたはずだ。天井から入る光が小さな神像を照らしていたことを覚えている。

ライニールはあたりを見回して確認した。ここは廊下のような場所だった。壁には穴が空いていてうっすらと光が差し込んでいるが、天井は崩れていないし、神像も見あたらない。故に、今すぐにここで死ぬわけではないはずだった。

だが、ぼんやりと突っ立っていては敵がここにやってくるかもしれない。ライニールは慎重に歩きだした。以前は慌てて走っていたような気もするが、この状況では闇雲に走るほうが危険に思えた。

少し進んでいくと、廊下の天井が崩れて青空が見えている場所に到達した。神像は見当たらないが、ライニールはここで問題が発生したことを思い出した。

慌てて走っていて、このあたりで床が崩れたのだ。

よく見てみれば、床に罅《ひび》が入っている。ライニールは廊下の端を通り、慎重に回避した。

「なんとかなったかな。あの場所を回避したからって死なない保証はないけど……」

それでも知っている未来は避けるにこしたことはないだろう。

ゆっくりと周囲に気を配りながら進んでいく。角を曲がるとそこは行き止まりで、何者かが立っていた。

ライニールは呆気《あっけ》に取られた。

何の気配も前触れも感じられず、あまりにも唐突に思えたのだ。

そこにいたのは全身から刃を生やした異形、針鼠。

それが、しばらく前からライニールをつけ回している存在だった。

「あ」

死んだとライニールは思った。

針鼠はとても素早く、どんな防具もあっさりと切り裂く鋭い刃を備えている。この距離ならば逃げようもなく、瞬く間に殺されると思ったのだ。

ライニールは目を閉じた。勝てないことも、逃げ切れないこともわかっている。やるならさっさとやってくれという気持ちだった。

しかし、しばらく経っても何も起こらず、ライニールは恐る恐る目を開いた。

針鼠は、その場に突っ立ったままだった。仮面のような顔をしているため何を考えているのかはさっぱりわからないが、雰囲気からするとライニールに気付いてすらいないようだった。

――これ、もしかして、ゆっくり後退れば助かったり？

ライニールは後退り、そして床がピシリと音を立てた。下手な場所を踏んだ。そう思ったが時すでに遅く、床は呆気なく崩れて瓦礫《がれき》とともにライニールは階下へと落下した。

幸い、階下まではたいした高さはなかったようだ。運の悪いライニールなら二、三メートルの落下でも打ち所が悪くて死にかねないのだが、かすり傷程度で済んだらしい。

しかし、運が悪いといえば針鼠も落ちてきていた。

さすがにこの状況でも動かないということはないようで、身体をゆっくりと起こし、倒れたままのライニールを見つめていた。

「女神ビーム！」

もう駄目だ。そう思ったところで、女の声が聞こえてきた。

ライニールの背後から閃光が走り、針鼠に直撃する。針鼠は吹っ飛んだ。壁にぶつかり穴を空け、向こう側へと姿を消したのだ。

「ひっさしぶりー！」

そんな脳天気な声を聞き、ライニールは振り向いた。

女が立っていた。

豪華で露出過多気味の衣装、全身を彩る派手な装飾、惜しみなく見せつける豊満な身体。

周囲には剣や槍、盾といった武具が女を守るように浮かんでいた。

ライニールには見覚えがあった。

その女は、ライニールとは深い因縁のある女神、ヴァハナトだったのだ。

「え？　あれ？　あなたはリックさんに殺されたような……あ、時間が戻ったから？」

「これは『千鳥足の漂流者《ランダムウォーク》』とは違うわよ。あれはあなたの魂を並行世界、別の可能性に飛ばすものだから。今起こってるのはさらにとんでもない現象。世界全体の巻き戻りってところかしら」

「ですけど、だったらこのタイミングであなたが来るのはおかしいのでは？」

「うん。本来の歴史で私がやってくるのはもっと後のこと。けれどこの巻き戻り現象では、なかったことになった期間中に外部からやってきた者は、出番があるまで控え室みたいなところに送り込まれるわけなのよ」

「控え室？」

「ま、私は女神だし？　無理矢理そこから出てきたってわけなの」

ライニールにはまるでイメージがわかなかったが、神ならばそれぐらいできるのだろうと無理矢理納得した。

「とにかく時間が戻ったってことでいいんですね。それで、なぜ僕の所に？」

「あー！　ごめんねぇ。麗しの女神様が会いにきてくれたのかと思ったかもしれないけど！　あいつをぶっとばしてやろうと思って来ただけなの」

　ヴァハナトを殺したのはマニー王国の第三王子で剣聖を引き継いだ、リックことリチャードなのだが、ヴァハナト弱体のきっかけを作ったのは針鼠だった。復讐にやってきたのだろう。

「いえ……別に……できれば二度と会いたくなかったんですが……」

　力を与えてくれた女神だが、けっきょくはその力も魔神を復活させるためのものであり、ライニールは利用されただけだったのだ。

　今さら、尊敬も憧れもあったものではなかった。

「ですが、理由はともかくとして助かりましたのでありがとうございました。では僕はこれで」

「待ちなさいよ」

　ライニールが立ち去ろうとすると、ヴァハナトは前へと回り込んだ。

「僕に何か用なんですか？」

「私、あなたとの縁を利用してここに無理矢理顕現してるのよ。つまり本来の登場タイミングまではあまり自由に振る舞えないのよね」

「え？　それってまさか……」

「よかったわねぇ！　こんなに美しい女神様があなたに随伴するのよ？　感涙するといいわ！」

「えええええええええ！」

　ライニールは不満の声をあげたが、何を言っても無駄なのだろうとも理解していた。しょせんは

ただの人間であるライニールが神に逆らえるはずもないのだ。

「それにあなた不運なんだから、誰かがついてないと簡単に死んじゃう……あれ？　何でか無茶苦茶運がよくなってない？」

「は、ははは……この状況って運がよいのですかね……」

だが、言われてみれば危機的状況に女神様がやってきて助けてくれるというのはずいぶんと都合のいい話だった。

運がよくなったと言われれば心当たりはある。ＵＥＧがライニールの運気を上げたのだ。

「なるほどね。どっかの神があなたの運勢を上げたと。だったらそれが残ってるのかもね。時間は戻っても記憶はあるわけじゃない？　運気とかって魂に付随するものだし、似たような感じで」

「そういうものなんですかね……まあ、実際に助かりはしましたけど……」

「それはともかく行くわよ！」

ヴァハナトは、ライニールの手を摑んで引っ張りはじめた。

「どこへ？」

「あのギザギザ野郎の所よ！　あの程度じゃ死んでないはずだし、私を刺したことを後悔させてやるんだから！」

「あいつ、ロボットっぽかったですけど、後悔するような心を持ってるんですかね……」

「知らないわ！　なんにしろぐっちゃぐちゃのずたずたにしてやるんだから！」

ヴァハナトはずんずんと進んでいく。

穴の空いた壁へと向かっているのだ。

「あの、大丈夫なんですか？　あいつ強いですよね？　一回負けてるじゃないですか」

「あの時はダーリンが死んでてまともな精神状態じゃなかったのよ！　万全の状態ならあんな奴に負ける訳がないじゃない！」

壁の穴を通って向こう側へと行く。

そこは小さな部屋で、針鼠の壊れたパーツがいくつか転がっているだけだった。

部屋の出入り口らしき場所は瓦礫で埋まっていて、壁の穴ぐらいしか出入りできる場所はないにも関わらず、針鼠の姿はなかったのだ。

「瞬間移動で逃げたとかですかね？」

「あいつは素早いけど、瞬間移動はできないわね。できるんなら、あなたごときが逃げられるわけないじゃないの」

「女神様なら追跡とか……」

「今の私は存在そのものが限定的だし、もともと余所《よそ》の世界でできることには限りがあるわ。探すなら地道にやるしかなさそうね」

「じゃあ、これでお別れですよね？」

「何で？　やり返さなきゃならない奴らはたくさんいるじゃないの。最終的に私を殺した奴とか、ダーリンを殺した奴とか！」

「ぅぅぅぅ……」

やはり、それほど運がよくなっていないように思えるライニールだった。

＊＊＊＊

針鼠《ヘッジホッグ》に果たして心があるのか？

結論から言えば、どのような形にしろそれはあるのだろう。

なぜなら、世界の巻き戻りに巻き込まれた針鼠《ヘッジホッグ》は非常に混乱したからだ。

ただの機械であれば、時間が戻ったことなど認識しない。時間が戻ったところで状況が以前に戻るだけであり、そこに齟齬《そご》はない。

だが、針鼠《ヘッジホッグ》は連続する記憶の変化を元にした自我を持っていた。魂というべきものを持っており、機械のメモリーとは別に独自の記憶を保持している。すると混乱する。彼からすれば、突然周囲の状況が変化したようにしか見えないのだ。

針鼠《ヘッジホッグ》はいずこかの神に敗れ、バラバラになって逃走し、さらなる力を求めてこの世界で魔王と呼ばれている存在と融合を果たした。

そして、その直後に何者かに破壊されたのだ。

そのはずなのに、気付けば元の状態に戻っていて、どこかの建物の中にいる。

針鼠《ヘツジホツグ》は己の状況を把握するのに全力を尽くした。

それ故、すぐ近くにいる人間への対応を後回しにした。

この状況は針鼠《ヘツジホツグ》が持つ知識では整合性をとることができず、すぐに理解できなかったのだ。

そして、床が突然崩れ、神による攻撃を受けて吹き飛んだ。何も反応することができず、まともに攻撃を喰らったのだ。

針鼠《ヘツジホツグ》は元々壊れている。それがさらに壊れた。

針鼠《ヘツジホツグ》はろくに調整もされずにこの世界へと放り込まれたため、いくつもの演算装置がバラバラに処理を行っているのだ。そのため全身の統合がうまくいっていない。その演算装置のいくつかが壊れた。本来なら、それは故障に拍車をかけるだけのことだろう。だが、今の針鼠《ヘツジホツグ》に限ってはそうではなかった。

残された演算装置だけで処理を行ったほうが、結果的には思考がクリアになった。つまり、正気に戻ったのだ。

「さて。女神様のほうを仲間に引き入れようかと思ってたけど……こっちのほうが目的には近そうだね」

倒れた針鼠《ヘツジホツグ》の傍に少年が立っていた。

「僕の名は降龍。神だけど君がターゲットにしている神とはジャンルが違うだろう?　手を取り合うことができると思うんだ。どうだい？　僕に協力してくれるというのなら、ここから連れ出してあげるよ」

今までの針鼠《ヘッジホッグ》なら、目についた神をとりあえず攻撃しただろう。だが、今の針鼠《ヘッジホッグ》は状況を冷静に分析できる。

現状の戦力では目の前の神には勝てない。先ほど攻撃してきた神にも勝つことは難しいだろう。ならば、ここで取り得る選択肢は一つだった。

ここで停止するわけにはいかないのだ。

針鼠《ヘッジホッグ》は、降龍の手を取ることにした。

ACT
2

11話　なぜか世界中で認証に使えて偽造不可という超テクノロジーのギルドカード

夜霧たちは冒険者ギルドへと足を踏み入れた。

入ってまず目につくのは、反対側にある大きな扉だった。もしかすれば今入ってきたのは裏口なのかと思えるぐらいだ。

次に気になるのは入り口から右側に広がる騒がしいエリアだ。

テーブルがいくつも並んでいて、厨房とテーブルの間をウェイトレスが行き交っている。テーブルでは冒険者らしき者たちが飯を喰らい、酒を酌み交わしていた。

夜霧たちよりも先に何人もの人々が転移してきているはずだが、軽く見たところでは見知った顔はなかった。

「酒場を兼ねてるみたいなとこか」

入り口から左側を見ればカウンターがあり、五つの受付コーナーがあるようだ。

「あ、いらっしゃいませー！　見ない顔ですけどもしかしてご新規さんですかぁ？」

近くにいたウェイトレスが話しかけてきた。

「ここは冒険者ギルド？　何をするところかいまいちよくわかってないんだけど」

「そうですね。まずは見てのとおりお食事やお酒などを提供する場所となっていますが、他にはクエストに関するサポートをしておりますよ」

「クエストって地底クエストのこと？」

「そうですね。そのものでもありますし、モンスター退治や素材収集などの依頼をクエストとも言っています。なんにしろまともに地底クエストをプレイするならギルド登録は必要ですね」

「そういうもんなのか。しとく？」

夜霧は知千佳に訊いた。

「まあ何かしら説明は欲しいしね」

「はい。では新規登録は左端のカウンターへどうぞ！」

ウェイトレスに言われるがまま、夜霧たちはカウンターへと向かったが、その前に何者かが立ち塞がった。

「おいおい。こんなガキが冒険者とかマジかよ。舐められたもんだな。どうせ死ぬのがオチだ。生き残りたいならせいぜい俺たちに媚びを売っておこぼれをもらうのが正しいやり方ってもんだぜ？」

「なんかありがちな奴が出てきたな！」

目の前にいるのは、革鎧《かわよろい》を着込んだいかにも冒険者という風情の男だった。

「これ、どうしたらいいんだ？」

「無視でいいんじゃない？」

相手にする必要はないだろう。夜霧は男を避けて受付カウンターに行こうとした。

だが、男はそれでもわざわざ前に立ち塞がった。

「なぁ？　俺の機嫌がいいうちにとっとと帰りな？　怪我じゃすまないんだぜ？」

「別に俺らがどうなろうとあんたには関係ないだろ」

すると周囲から笑い声が聞こえてきた。

いつの間にか、冒険者たちに囲まれているのだ。

「死ぬだけなら勝手だけどよぉ。モンスターの餌になられちゃ困るんだよ」

「そうそう。モンスターがレベルアップするだけだからな」

「冒険者なんぞやらなくたって他に仕事はあるぜ？　嬢ちゃんならよぉ」

「そうそう。お前らは回れ右だ。娼婦ギルドか奴隷ギルドにでも行くんだな！」

下卑た笑いがあたりに広がった。

「ほんとにどうしたらいいと思う？」

夜霧は困っていた。さすがに絡んできたぐらいで殺すわけにもいかないだろう。

「いっそ殺す気で来てくれたら言い訳できるんだけど」

彼らの雰囲気からすれば話がこじれたとしても殴るぐらいで終わりだろう。その程度のことなら夜霧の自動反撃は反応しなかった。

「それは絶対やめてね！　私がなんとかするから！」

「大丈夫？　ギフト持ちが相手だと壇ノ浦流が強いだけじゃ勝負にならないんじゃ」

ただのチンピラが相手なら知千佳の敵ではないだろう。

だが、この世界には多種多様な能力を持った頭のおかしな奴らが五万といるのだ。

「さすがにこんなところで能力を使うとかはしないいんじゃない？　まあそーゆーの使ってきたら高遠くんも遠慮無くいけるわけだし」

知千佳の姿が消えた。夜霧にはさっぱり理解できなかったが、知千佳がしたことは、脱力で一瞬にして床にしゃがみ込んでの足払いだった。

壇ノ浦流には話の最中に即座に戦闘に入る技術がある。予想外の動きをされると、人はその姿を見失うのだ。

足を払われた男が体勢を崩し、隣の男に倒れかかる。冒険者たちは次々に倒れていき、気付けば輪状になっていた。夜霧たちをぐるりと取り囲むように倒れているのだ。その手足は複雑に絡まっていて、彼らも何をされているのかわかっていないようだった。

『よほどの実力差がないとできぬお遊びのような技ではあるのだが、大量の人間に囲まれた状態で殺さずに動きを封じたいといった特殊な状況では役に立つこともあるな』

それぞれがそれぞれの動きを封じる形になり、全員の身動きが取れなくなるとのことだった。

「やってみたらできるもんだね」

「やったことなかったの？」

「練習でこんなに人を用意できないし」

「すごいな、嬢ちゃん」

また一人冒険者がやってきていた。

「これを見せられちゃもう邪魔しにくる奴はいないだろ。もちろん俺もする気はない。ま、許してやってくれとは言わねぇが、こいつらも生きるのに必死だってことだけは理解してもらえるとうれしいねぇ」

「え？　この人たち、登録の邪魔してただけですよね？」

「そうなんだが、それにも理由はあるんだ。そのあたりは受付で訊いてくれや」

言うだけ言って男は去っていった。

「何だろ？　ま、とにかく行こっか」

知千佳が倒れている冒険者をまたいでいくので、夜霧もついていった。

言われたように左端のカウンターに向かう。

「ご一緒に登録でよろしいですか？」

ギルドの受付嬢が訊いてきた。

「うん。面倒でなければ」

「はい。登録自体はすぐに終わりますよ。こちらの水晶玉に手を触れていただくだけです」

夜霧と知千佳は順番に受付に置いてある水晶玉に触れた。

「あと、お名前をよろしいですか？」

そして名前を告げる。登録作業はこれだけだった。

「では、地底クエストについての説明を――」

「ああ、それは僕がするよ。二階へ来てもらえるかな？」

受付嬢の言葉を遮って、カウンターの奥から貴族然とした男が現れた。

金髪碧眼《へきがん》の、柔和な笑みを浮かべた青年だ。

「そういうわけですので続きはギルドマスターからお聞きいただけますか？」

なぜギルドマスターがわざわざ出てくるのかはわからないが、断る理由は特になかった。

＊＊＊＊

シオンによるギフトインストールを終え、転移した花川の目の前には集落が広がっていた。

乾いた大地の上に木造の建物がぽつぽつと建っている。

外に人の姿は見えなかった。

セイラ落下現象は世界中で起こっていたようだし、賢者ヴァンの言葉も世界中の人々に伝えられたことだろう。つまり、セイラに追い詰められたかなりの人々がここに転移してきたと予想できる。

なのに人がいない。花川には少しばかり不思議に思えた。

「そこら中に建物があるわけでござるから、まずはどこかに入れということでござるかね？」

建物にはそれぞれ看板が出ている。見てみれば、それは冒険者ギルドであったり、武具屋であったり、宿屋であったりするようだ。

「ギフトのインストールは任意ということでしたが、ギフトがないとろくに文字も読めんわけですから、ほぼ必須でござるよね……ま、それはともかくまずは冒険者ギルドでござるね！」

花川は冒険者ギルドの扉を開き、中へ入った。

中には酒場と受付カウンターがあり、冒険者ギルドとしての機能は受付で担っているのだろう。

花川は、さっそく受付カウンターに向かった。

「って、誰か絡んできたりしないのでござるか！　冒険者ギルド初登録ともなれば、ベテランがいちゃもんつけてきて返り討ちにあうのが定番でござろうが！」

わざわざ絡まれたいわけではないが、モンクになって少しばかり調子に乗っている花川は思わず口に出した。

「可愛い女の子とかなら絡みにいくけどよぉ。お前はパスだわ。勝手に登録してくれ」

近くにいた冒険者がそう言いながら通り過ぎていく。特に何事も起こらず、花川は受付カウンターの前に座った。

「ギルド登録でよろしいですか？」

受付の女性がにこやかに話しかけてきた。

「はいでござる！」

「ではこちらの水晶玉に触れてください」

「おお！　これはステータスを判定してですね、あまりの数値の高さにギルドマスターが出てきたりするあれなのでは!?」

「いえ、そういったことはなくて、生体パターンを判別して登録するだけなのですが」

「え？　拙者のありあまるパワーを測定しきれずに壊れたりは？」

「壊れたら弁償していただきますので、そっと触れてください」

「あ、はいでござる」

花川は素直に水晶玉に触れた。

ひんやりとしているだけで、特に何が起こるわけでもなかった。

「はい、結構です。登録に必要ですのでお名前をいただけますか？」

「花川大門でござる」

「はい。登録完了しました。次に地底クエストの説明ですが――」

「え？　登録ってこれだけでござるか!?　なぜか世界中で認証に使えて偽造不可という超テクノロジーのギルドカードとかいただけたりしないんでござるか！」

「特にカードの発行などはございませんね」

「いや、でも身分証明とかに必要だったり……」

「さきほど生体パターンを登録しましたので、認証は全てそれで行っています。カードを持たないほうが便利じゃないですか？」

「それはそうでござるが、ステータスやらクラスやらランクやらが書かれてるほうが話の広がりが……」

「そう言われましても」

「じゃあどうやってギルドランクを見せつけてマウントを取ればいいのでござるか！」

「ギルドランク、ですか？　そのようなものは特にありませんが……」

「えぇ？　あの依頼に難易度があって、一定ランク以上じゃないと受けられないとかのあのギルドランクでござるよ!?」

「確かにクエストには難易度が設定されていますが受注は自由です」

「いや、でも、あまりにランクとかけ離れていると死んじゃうからセーフティ的な意味が……」

「身の丈に合わないクエストに挑戦して死んでも自己責任ではないですか？」

受付嬢は、何を当たり前のことをと言わんばかりだった。

「うう……ギルドランクとか強さのわかりやすい指標でござるのに……」

「地底クエストの説明に移らせていただいてよろしいですか？」

受付嬢はうんざりした様子だった。

「はいでござる」

「地底クエストの最終目的は地底王ラスボを倒すことです。倒せばゲームクリアとなります」

「安直と言いますか、どことなくペットロボットを彷彿とさせる名前ですな」

「ちなみに、酒場の壁に張られているクエスト票の左下が、ラスボ討伐クエストです」

花川は酒場に目をやった。

奥の壁にたくさんの紙が貼られていた。

「え？　いきなり挑戦できたり？」

「可能ですよ」

受付嬢が冷ややかな眼をしている。

花川はその言葉を、『さっさと行って死んできたらどうですか』と受け止めた。

「それではクエストの受注方法についてお知らせしますね。壁に貼られたクエスト票にはクエスト番号が書かれています。その番号を受注カウンターでお伝えください。受注できましたら、入り口反対の大きな扉からクエストに出発してください」

「え？　ここから直接でござるか？」

「はい。クエストのフィールドに転送されます。フィールドはクエスト票に記載されていますのでよくご確認ください」

「なんだかお手軽でござるな……」

「仲間を募って出発したいということでしたらクエスト番号の札をお渡ししますので、酒場のテーブルに置いて同行者をお待ちください」

花川は酒場に目をやった。

言われてみれば、いくつかのテーブルの上には番号の書かれた札が立てられていた。

「ははぁ。昼間っから何してるのかと思ってたでござるが、あれはパーティ募集だったのでござるな?」

「おおまかな流れとしては、クエストをこなして自身や装備を強化していただき、いずれはラスボに挑むということになりますね」

「まぁ……無理にクエストとかやる必要はないような……クエストをクリアすると何かいいことがあるでござるか?」

とりあえずはセイラから逃れるためにやってきたわけで、地底クエストに付き合わねばならないこともないだろうと花川は思っていた。

「はい。クエストをクリアするとＤＰが手に入ります。ＤＰは生存税を納めるのに必要です」

「生存税?」

嫌な予感がして花川は訊き返した。

「はい。毎日生存税が自動的に徴収されます。納付が滞れば死にます」

「さらっととんでもないことを言いやがったでござるね！」

どうやら暢気に遊んではいられないようだった。

12話　ここから先は君自身の目で確かめてほしい

ギルドの二階にあるギルドマスターの部屋。

夜霧と知千佳は並んでソファに座っていて、テーブルを挟んで向かい側にギルドマスターの青年が座っていた。

夜霧たちはここで地底クエストについての説明を受けているのだ。

「どっかで見たことあるようなゲームだ」

「モンスターをハントするあの……」

クエストを受注して、フィールドへ行き、クエスト目標を達成して帰ってくる。

素材を収集して武具を強化し、強化した武具でさらなる上位クエストをクリアする。

地底クエストは、そんなゲームのようだった。

「ずいぶんとシンプルだろう？　自分を鍛えていずれはラスボスを倒す。それだけのゲームだよ」

「登録の邪魔をした人たちは？　受付で訊いてくれって言われたんだけど」

それほど単純なゲームなら、あのような冒険者が大量に出てくる意味がいまいちわからなかった。

「DPについてはまだ説明してなかったかな？　クエストの報酬でもらえるお金みたいなものなんだけど、DPとは演劇点《ドラマポイント》、つまりこのゲーム内でドラマチックなことをすることでももらえるんだ。さっきの彼らは新人冒険者に絡むって役割を演じることでDPが欲しかったんだよ」

「え？　あれでお金がもらえるんですか⁉」

「うん。あんなのでも地道にやってればそこそこの収入にはなるね。地底クエストではDPしか流通してないから生きていくにはどうしても必要なんだ。一応警告しておくと、打ち合わせてから演技しちゃ駄目だからね。ディレクターAIが君たちの挙動を監視してるから、場に応じた振る舞いを即興でお願いするよ」

「んんん？　何かシンプルじゃなくなってきたような……」

知千佳が首を傾げていた。

夜霧も、ハンティングゲームということならすんなりと理解できたが、余計な要素が足されている気がしてきた。

「地底クエストの仕組みはなんとなくわかったけど、それをギルドマスターのあんたが説明してるのはなぜなんだ？」

一通り説明はしてもらえたが、この程度の説明は受付嬢でもできるだろう。

夜霧には、わざわざ別室に呼んでするほどの話とは思えなかったのだ。

「ああ！　自己紹介がまだだったね。僕は賢者のヴァンって言うんだ。噂の高遠夜霧がどんな人物なのかを見にきたんだよ」

「え？」

知千佳が呆気に取られる。夜霧もまさか目の前にいるのが賢者だとは思っていなかった。

「今のところは敵対するつもりはないから安心してよ」

確かに、これまでのところは殺意の類をまったく感じなかった。ヴァンは地底クエストの説明をしていただけなのだ。

「あんたが賢者なら話が早い。賢者の石はここにあるんだよね？」

地底クエストのクリア報酬が賢者の石だとシオンは言っていた。

「うん。賢者の石ならちゃんと用意してある。入ってきて」

ヴァンがどこへともなく呼びかけると、部屋に何人かが入ってきた。

細身のエルフの少女、小太りの少年、小柄だがしっかりとした体軀《たいく》の老爺、つばの広い三角帽子を被っている妖艶な女、額に角の生えた少年、細い眼の青年の六名。そして白い大型犬が一頭だ。

彼らは、部屋の端に整列した。夜霧からみれば右側の壁の前だ。

「花川くん、先に来てたの？」

小太りの少年は花川だった。

「まあ、そういうことなんでござるが……拙者も何がなにやら」

何がなんだかわからないのは花川だけではないようだ。一緒にやってきた者たちもこの状況にとまどっている。

「賢者の石は彼らの中に入れてあるんだ」

ヴァンが何気なく手を振った。

花川の胸から血が噴き出した。

「あばばばばばっ」

花川が奇妙な声を上げながら倒れ、近くにいた者たちが悲鳴を上げる。花川の胸は制服ごと大きく抉られていて、中に丸い石が見えた。

「落ち着いて花川。モンクの君ならこれぐらいじゃ死なないし、自分で回復できるだろう？」

「ヒ、ヒール……」

花川がかすかな声でつぶやく。

だが、胸の傷が即座に治ったりはしなかった。出血量が減るなどの効果はあったようだが、このままでは死ぬようにしか思えないのだ。

「ああ！　そういえばレベル1なんだったね。さすがにそれじゃ治りきらないか。じゃあこれを使うといいよ」

そう言ってヴァンは懐から取り出した赤い球を花川に投げつけた。

玉は花川にぶつかると弾けて、赤い液体を撒き散らす。

すると、花川の胸の傷は見る間に塞がっていった。

「し、死ぬかと思ったでござるよ！」

身を起こしながら花川が不満を言う。それは言いたくもなるだろうと夜霧も思った。

「花川なら大丈夫だと思ったから試したんだ。他の人たちだったら即死だよ」

「嫌な信頼でござるな！」

「本当に中にあるのはわかってもらえたかな？　なんだったらもう一つぐらい確認しておくかい？」

「お前……犬に何しようとしてるんだよ!?」

ヴァンから犬への殺意の流れを感じとり、夜霧は怒りに駆られた。

無関係な犬を巻き込もうとしているのが許せなかったのだ。

「ちょっと待っていただきたい！　実際に血がぶしゃーって出た拙者の心配はせずに、まだ何もされてない犬の心配ってどういうことでござるか！」

「犬は可愛いだろ」

「人より犬が大事とか、サイコパス野郎ですか、あんた！」

言われてみれば犬を優先するような発言はあまりよろしくないだろう。夜霧は憤りを抑え込んだ。

「親切で言ったのに怒られちゃったよ」

ヴァンが表情を曇らせる。

夜霧は、ヴァンの言動に不気味なものを感じた。

嫌がらせや悪意からではない。一つより二つのほうが、賢者の石が実際に体内にある証拠になるだろう。ヴァンは、その程度にしか思っていないのだ。

「あんたもあんたで大概にしろでござる！」

「賢者の石は君をゲームに参加させるための餌として用意したんだけど、ただクリア報酬にするだけじゃ面白くない。そこでラスボスを倒すために必要なアイテムに設定してみた」

少々面倒な状況になったと夜霧は思った。

ゲームクリアだけならさっさとラスボスを倒してゲームクリアしてしまえばいいと思っていたのだが、それでは賢者の石が揃わないのだ。

それに、クリアを目指す者たちで石を奪い合うことにもなるのも簡単に予想できる。

「クリア報酬とは違うけど、クリアする過程で揃うんだから問題ないだろう。でも、話が違うのも確かだ。そこでお詫びの意味で賢者の石を一つプレゼントしよう。この中から好きなのを選んでよ」

「じゃあ犬」

ここにいる者たちは、賢者の石を狙う者たちに襲われるだろう。

人間なら自分でどうにかするだろうが、ただの犬などあっというまに殺されて石を取り出されるはずだ。

夜霧はそれが嫌だった。助けたいと思ったのだ。

「高遠くん!?　さすがにそれはどうかな!?」

誰か人間を選ぶべきだと知千佳は思ったようだ。

「いやいやいや！　拙者！　拙者がここにおるのですが！」

「選ばれなかった奴が死ぬとかそういう話じゃないんだろ？」

「元いたチャンネルに戻ってもらうだけさ。チャンネルは説明してなかったかな？」

「聞いてないね」

「今僕たちがいるこの街をベースタウンって呼んでるんだけど、これとそっくり同じ環境が無数にあってチャンネル番号で区別してるんだ。たとえばここはチャンネル１４１だし、花川がいたのはチャンネル４８７だ」

オンラインゲームにおけるワールドやサーバーのようなものかと夜霧は捉えた。

「よかったな、花川」

夜霧は、ヴァンは何も考えていないとシオンが言っていたのを思い出した。

シオンを信じるならば、ヴァンは嘘をついて相手を翻弄するようなタイプではなさそうだ。

「せめて選ぶ前に確認してほしかったでござるな！」

「花川なら大丈夫だろうと思ったんだよ」

「なにやら信頼に溢れているようなセリフでござるが、拙者のことなど一ミリも考えてな――」

何かを言いかけながら花川の姿が消えた。

他の者たちも同様で、大きな犬だけが残されていた。

「チャンネルが無数にあるってことだけど、チャンネル間の移動はできるの？」

「できるよ。ＤＰが必要だけどね」

「ラスボスを倒すのに賢者の石がいるってのは周知の事実なの？」

「周知はされてないよ。でもシーズンごとにラスボスの攻略法は異なるからね。情報収集していればいずれわかることだ。他にも現時点の賢者の石の持ち主だとか、花川がいるチャンネル番号とかは教えちゃったけど、これは参加賞とでも思っておいてよ」

「シーズンって？」

「これも説明してなかったかな。ラスボスが倒されるごとにゲームを一から始めてるんだ。ゲーム開始からラスボスが倒されるまでの期間をシーズンと呼んでいて、シーズンごとに設定を変えているんだよ。攻略法が固定されたらマンネリになるしね」

「ラスボスを倒してもまた一からになるんだったら、ゲームクリアには何のメリットがあるの？」

「クリア報酬は、僕が願いを一つだけ叶えてあげるってものさ」

「はい！　ラスボスを倒すのに賢者の石が必要って具体的にどういうことなんですか！　光の玉で闇の衣を剝《は》ぐみたいなことですか！」

知千佳が手を挙げて訊いた。

「今回のラスボスは複数の武器を使うんだけど……ってあんまり教え過ぎるのもどうかな。ここから先は君自身の目で確かめてほしい」

「中途半端な攻略本みたいなこと言いだしたね！」

「制作者がアドバイスしまくるゲームもつまらないだろう？　基本的な仕組みについてはこれを読んでよ」

そう言って、ヴァンは冊子をテーブルに置いた。タイトルは『地底クエスト入門ガイド』だ。

「攻略関連なら情報屋を訪ねるといいよ。あとはそうだな。いきなりラスボスを倒すなんてのはやめたほうがいいね。システム外の方法で倒しても、システムはラスボス討伐を認識できない。つまりゲームクリアにはならないから」

そう言ってヴァンの姿も消えた。

「今のって、高遠くんの力でラスボスを倒してもクリアにならないって言いたかったの？」

「そういうことだろうね。シオンとかから聞いたんだろ」

どうやら、ヴァンは夜霧の力についてそれなりには知っているようだった。

＊＊＊＊

ヴァンがいなくなり、知千佳たちは冒険者ギルドの一階に戻ってきた。

「今後のことについて話し合いたいけど、酒場って使えるのかな？　ＤＰ持ってないけど」

とりあえず席に座って落ち着いて話したいところだが、クエストを一つもクリアしていない知千佳たちはＤＰを持っていないはずだった。

「そうだな。もしかしたら初期ＤＰみたいなのがあるかもしれないけど」

そういうものかもしれないと知千佳も考えた。スタート時にいくらかの金を持っているゲームは多い。まずは確認してみるべきだろう。

「すみません！　食事したいんですけど、ＤＰをいくら持ってるかってどうすればわかりますか？」

知千佳は、酒場側にある支払いカウンターらしき場所にいる店員に訊いてみた。

「いらっしゃいませ！　では、こちらの水晶玉に触れてください」

知千佳はカウンターにある水晶玉に触れた。

「お客様の所持金額は９９０ＤＰですね。ここで提供している料理は全て１ＤＰとなっていますので、存分に楽しんでいただけますよ」

「結構持ってるんだ。でも初期金額にしては中途半端な数字だな」

「この金額の内訳ってわかりますか？」

知千佳が訊いた。

ＤＰはドラマポイントとのことなので、これまでの行動がドラマと判定されたのかと知千佳は考えたのだ。

「はい。水晶玉で確認できますよ」

知千佳がもう一度水晶玉に触ると、表面に文字が浮かび上がった。

・冒険者ギルドを異性と共に訪れる　100DP
・冒険者ギルドで冒険者に絡まれる　30DP
・絡んできた冒険者を撃退する（15名）　750DP
・冒険者登録を行う　10DP
・ギルドマスターに呼ばれる　100DP

「結構いろいろあるんだ。これってギルドに何回も出入りすればいくらでももらえたりとか？」

「人の組み合わせを変えればいけますけど、初回以降はドラマ性が薄くなるためかあまりもらえなくなりますね」

「あ、そういうものなんですね。じゃあ食事したいんですけどいいですか？」

「はい。こちらのテーブルへどうぞ」

知千佳たちは案内された席につき、軽めの料理を注文した。

「じゃあ今後の方針とかについてなんだけど」

「うん。まずは、犬の名前からだな」

「そうそう。地底クエストを始めるには犬の名前から、っておい！」

「ノリツッコミだ」

『ノリツッコミだな』

「いや、冗談のつもりじゃなくてさ。名前ぐらいつけとかないと困るだろ」

夜霧が足下を指さす。そこには二階からついてきた白い犬が寝そべっていた。

飲食店に犬がいていいのかとは思うが、特に何も言われなかったので問題はないのだろう。

「連れていくの？」

「放っといたら狙われるかもしれないだろ」

「確かにそこらへんに放り出すわけにもいかないし……わかったよ。さくっと決めよう」

「壇ノ浦さんは何かアイデアある？」

「うーん……うちの犬はギンタとかそんなんだけど。和風にするか洋風にするか……何かジャンルを決めてから考えるのもいいかも」

「俺が飼ってるのはニコリーだよ」

「へぇ。由来とかあるの？」

「シェットランド・シープドッグなんだけど、朝霞《あさか》さんが最初コリーだと思ってたんだよ。で、こいつコリーに似てるから似コリー、ニコリーだって言い張ったからニコリーになった」

「朝霞さんて人すごい適当だな！」

ラフ・コリーとシェットランド・シープドッグは大きさが違うだけで見た目は似たようなものだった。シェットランド・シープドッグのほうが小型なのだ。

「でも、これ犬種は何だろう？」

「グレートピレニーズっぽい？　異世界の犬種なんてわかんないけど」

とにかく大きくて後ろ足で立ち上がれば知千佳の背丈を超えるかもしれないほどだ。

体毛は真っ白でふわふわとしていて、穏やかな顔をしている。

今もおとなしくしているので従順な性格なのかもしれなかった。

「名前かぁ。こーゆーのは直感でぱっと思いついたのでいいんじゃないの？」

知千佳は夜霧に任せるつもりでいた。積極的に夜霧が連れていこうとしているのだから、夜霧が決めるべきだろうと思ったのだ。

「直感かぁ……うーん……白いからシロ？」

「さすがに安直過ぎない？」

「おっきいからダイ」

「まぁ……そっちのほうが多少ましかな。安直には変わりないけど」

「じゃあダイで。お前はそれでいい？」

「わん」

そういうことになったようだった。

13話　何でも倒せる人が何でこんなことになってんだろうね

「ま、犬に名前はつけたから本題に入ろうか」

知千佳は、それていた話題を本筋に戻すことにした。

「そうだね。ここでどうしていくかってことで、まず考えるのは、このゲームを真面目にプレイするのかってことなんだけど」

「まあねぇ。別に付き合う必要はないんじゃって思っちゃうよねぇ」

「そもそも賢者の石は何個必要なんだ？　全部集めなくてもいいんじゃないの？」

「あー。なんとなく集めてたけど、今さらそれを思うかぁ。今あるのは八個だよね？」

シオンに集めてもらったのが七個。犬のダイに入っているのが一個だ。

「これだけあったら帰れるってことはないのかな？」

「そもそも賢者の石がすごいエネルギーだって言われてもどうやって使うの？」

『考えてみれば、ろくにわからんままなんとなく行動しておったな』

「ロボの人が、帰してくれるんじゃないの？」

クエンザの街から、ハナブサの街へ列車で移動している途中でのことだ。

列車は謎の攻撃を受けて停止したのだが、それは賢者の攻撃に巻き込まれたためだった。

その賢者が戦っていたのが侵略者《アグレッサー》の巨大ロボットで、知千佳たちはそのロボットと話をしたのだ。

そのロボットが言うには、上位の世界へ移動するには莫大なエネルギーが必要とのことだった。

『いや、元の世界の座標と、帰還に必要な莫大なエネルギー。この二つがあればアドバイスは可能だと奴は言ったのだ。そして二度目に訊いた時はよくわからんというようなことを言いおった』

巨大ロボットと再会したのはエルフの森でのことだ。

突然巨大ロボット群を率いる者に襲われて撃退したので、もこもこが連絡を取って呼び出したのだ。

すると知千佳たちと最初に出会ったロボットと襲ってきたロボットは陣営は同じだが派閥が違い、最初のロボットにはやはり敵対の意思はないとのことだった。

座標とエネルギーとして使えそうな賢者の石を手に入れたのでどうにかならないかと訊いたのだが、ロボットには賢者の石の使用方法がわからなかったのだ。

「賢者の石を渡すから、帰れるようにしてくれって言ったら、上と相談するって言ったんだよね？」

夜霧も思い出したようだった。

ロボットがこの世界にやってきている理由が、賢者の石こと女神の欠片を入手することだった。

それならば賢者の石を渡すから、帰れるようにしてくれと言ったところ、ロボットは上層部とかけあうと言ったのだ。

「人任せっていうか……私ら、どっか真剣味が足りなかったような……」

「でも、途中でルーになってから方向性が変わっちゃったしね」

パート1の時には賢者の石がくっついて赤ん坊になった。

それからさらに賢者の石を集めるとさらに成長していったのだ。

その赤ん坊はどこかの女神らしく、完全復活すれば元の世界に転送するぐらいの力は持っているとのことだった。

そのため、エネルギー源としての使い方を気にせずとも集めていればよかったし、ロボットのことはすっかり忘れていたのだ。

「パート2ではルーにならないとして、現時点でかなり集まってるんだし、この後のことをちゃんと考えとくのもいいと思う」

「石の使い方は賢者に訊けばいいんじゃないの？　シオンさんとかはさすがに知ってるでしょ」

そもそも、賢者の石を集めはじめたのは、シオンがパート1の時にエネルギー源として差し出してきたからなのだ。

『とりあえずロボに呼びかけてみるとするか。問題はパート2になってもロボが記憶を保持しているかなのだが』

「ロボと人間だと違うの？」

「どうなんだろうね。このやり直しで全部元に戻るなら脳の状態も戻るはずなのに俺たちには記憶がある。ロボットのメモリーも同じようなことなら、記憶があってもおかしくないし」

『駄目だった。ここからでは電波が届かんのかもしれんし、暗号鍵が違うのかもしれん。パート1のこの時点ではロボと遭遇して鍵交換をしとらんかったしな』

「何かよくわかんないけど複雑なことしてるんだね……」

「仕方ない。とにかく石は極力集めることにして、これからどうするか話そう」

「あ、その話だった」

「真面目にゲームをやるんなら、クエストをクリアして、武具を強化して、情報を集めて、賢者の石を集めて、ラスボスを倒すってしなきゃいけないんだけど」

「面倒くさそう……ではあるよね」

「いきなりラスボスを倒せばいいかと思ったんだけど、それは駄目って釘を刺されちゃったしな」

「でも、賢者の石だけ集めればいいんだし、ラスボスはいいんじゃないの？」

「その場合一つ問題がありそうなんだよ。どうやって地上に戻るかってことなんだけど」

「地上？　……って戻れないの!?」

「転移で来たからね。見たところ出口みたいなのはなさそうだったし」

知千佳は外の様子を思い出した。

ここは岩壁に囲まれた空洞の中なのだ。

「ここに帰還方法もあればいいけどさ。なかった場合地上で探すってことになるし」

「だよねー。なんとなくだけど、誰かの作ったゲームの中にはなさそうな気が……」

「だから、ゲームクリア報酬の願いで出られるんじゃないかと思うんだけど……さっきもらったガイド本を読んでみようか」

ゲームのシステムとして地上に出る方法は用意されていないと明言されていた。

ただ、夜霧が推測したように、クリア報酬の願いでプレイをやめて地上に戻ることは可能らしい。

裏を返せば、たとえゲームをクリアしようと地上に出ることを願わなければ、また一からゲームをプレイさせられるのだ。

「じゃあここにいる人たちは一生これやらされるってわけ!?　セイラから逃れるために仕方なくやってきたのに?」

「一生とか、そんな甘いもんでもなさそうだよ」

ガイド本を読みながら夜霧が言う。

「これによると生存税ってのを毎日ＤＰで払わないと死ぬらしい」

「何なのそのせちがらい税は!?」

「生存税は１００ＤＰだって」

「うーん、それぐらいならどうにかなるのかな?」

「あ、毎日一割ずつ増えるって」

「暴利過ぎやしませんか!?」

「サボる奴をどうにかして撲滅したいって意思をひしひしと感じるよな」

「でも毎日増え続けたらいずれ皆が払いきれなくなるんじゃ？」

　クエストをこなし続けるにも限界はあるだろう。どこかの時点で破綻するのは目に見えていた。

「うん。だからそれもシーズンごとにリセットされるってさ。生きるためにもラスボスは何がなんでも倒さないとってことなんだろ」

　シーズンクリアで、ＤＰは０に。生存税は初期値に。地底クエストで入手した武具やアイテムは没収。ギフトを持っている場合、クラスのレベルは１になるとのことだった。

「これさぁ。高遠くんが払えなくなったらどうなるの？」

「地底クエストのシステムがどうやって殺そうとするのかはわかんないけど、俺は勝手に反撃しちゃって地底クエストのシステムを殺すことになって……どうなるんだろうな？」

『システムが死んだらみんな地上に戻れました、とはならんだろうな。皆ここに取り残されるわけだ。そしてシステムが死んで生命維持もままならなくなるといったところか。ここで出される食事、空調管理、照明管理など地底クエストのシステムが全てまかなっておるようだしな』

「だから俺もＤＰは稼ぎつつ、賢者の石もできるだけ集めて、ゲームクリアして地上に戻る、みたいなのが今後の方針になるのかな」

「何でも倒せる人が何でこんなことになってんだろうね……」

「何でも倒せるからって、何でも倒して解決したいわけじゃないしね」

言われてみればそういうものだった。

訳のわからない奴らが襲ってくるから返り討ちにしているだけであって、夜霧は、積極的に力を使いたいわけではないのだ。

力を使わないで済む解決方法があるのなら、遠回りになるとしてもそれを選ぶのだろう。

『あとは賢者がどこまで大義名分を守るかというところだな。本当に賢者の石をくれてやってもいいと思っているのか、ゲームのルール外のことをやってこないかどうか』

「さっきちょっと話しただけだけど……言ったことは守るんじゃないかなぁ」

「そうかなぁ？　正直なのはそうだけど、気まぐれで約束を破るようなタイプにも思えたんだけど」

知千佳の目には、ヴァンは信頼できないような人物に見えたのだ。

「そのあたりは今気にしても仕方ないしな。ルールを破ってくるのならその時はその時だ」

「ま、なんにしろクエストってのを一度はやってみないと始まんないよね。ちょっと見てみようよ」

知千佳が席を立つと、夜霧も後に続いた。

クエスト票が貼ってある壁に向かう。犬のダイも静かについてきていた。

「基本的にはなんちゃらの討伐とかが多いのかな？　難易度は1からで……なんかラスボスのクエストが貼ってあるんだけど」

クエストは整理されていないのか、難易度やクエスト目標に関わらずてんでばらばらに貼られていた。

その中に、ラスボスのクエストもさりげなく貼られていたのだ。

難易度は10なのでこれが最高なのだろう。クエスト目標はラスボの討伐。フィールドは天空の城。報酬は０ＤＰなのであえて設定はされていないようだ。

「まずは難易度1からで……これとかどう？　薬草10個の納品だって。フィールドは森と草原。報酬は10ＤＰ」

「この報酬、どういう基準なんだろ。男の子と冒険者ギルドに来るだけで１００とかもらえるのに」

「誰でもできるぐらいに簡単ってことなんじゃないかな。とりあえず試しにこれをやってみよう。番号を受付で言うんだっけ？」

「おいおい。これだから素人は困るな。丸腰でいくつもりか？」

すると、近くにいた冒険者が話しかけてきた。

「え？　あー！　これが、あの、あれ？」

ドラマになる行動をするとＤＰがもらえるらしいし、これも新人に絡むのと似たような行動かと知千佳は思ったのだ。

冒険者は、普通にしていろと言わんばかりに眼を細めた。

確か、打ち合わせなどをして不自然に見えてはいけないのだ。知千佳もここは自然に振る舞うべきなのだろう。

「駄目なんですか？」

「あのな。納品クエにだって当たり前にモンスターは出てくるんだ。すぐに殺されちまうぞ」

「武器とか防具ってどうしたらいいんですか？」

「武具屋がある。最低限の装備なら格安で揃えられるから、クエストに行くならまずは装備を調えてからにしろ！」

「わかりました。ご親切にありがとうございます」

「おう！　いきなり死なれちゃ俺も寝覚めが悪いからな。薬草クエだろうと油断するんじゃねぇぞ」

そう言って冒険者は去っていった。

「今のでＤＰはいくら入ったのかな？　いちいち店員さんとかに訊くのも面倒なんだけど」

「お、嬢ちゃん、手軽にＤＰを確認したいのかい？」

また通りすがりの冒険者が声をかけてきた。

「千客万来だな！」

ものを知らない初心者は引く手あまたのようだった。

＊＊＊＊

冒険者ギルドを出た夜霧たちは、ベースタウンと呼ばれる街を見て回った。

この空洞は正方形に似た形で、一辺百メートルほどの大きさだ。

中心部に冒険者ギルドや武具屋といったクエストに必要な施設があって、その外側に住居が存在している。

住居は、大きな屋敷から掘っ立て小屋まであるのだが、一番多いのは宿屋や集合住宅のようだった。

畑や牧場などの農業施設は見当たらなかったので、それらに従事する者たちはいないのだろう。どうやら、地底クエストはほとんどの者に冒険をさせたいようだった。

念のためにベースタウンを囲む岩壁を確認してみたが、やはり出口のような場所はどこにもなかった。

「これ、どれぐらいの人間がいるんだろうな」

『建物の外観だけではよくわからんが、百から二百というところではないか？　さすがに千人も住めぬとは思うが』

ベースタウンを一通り確認し、夜霧たちは道具屋に向かった。

武具などの大きくてかさばるものではなく、小さな雑貨などを扱う店だ。

「いらっしゃいませー！　何をお探しですかぁ！」

店員がすぐさま駆け寄ってきた。

これもロールプレイの一種なのかもしれない。

「あ、ＤＰを確認できる水晶玉を売ってるって聞いたんですけど」

「はい、ございますよー」

店員はすぐに水晶玉が並んでいるコーナーへと案内してくれた。

「どれも機能にたいした差はないんですけど、大きいほうが見やすいとか、指輪型だといつでも確認できて便利とか、そんな感じですねぇ」

「ちょっと試してみてもいいですか？」

「どうぞ。お手にとってご覧ください」

知千佳がピンポン球サイズの水晶を手に取った。

すると、その表面に文字が浮かび上がる。

・道具屋を異性と共に訪れる　１００ＤＰ
・冒険者からアドバイスを受ける（二回）　60ＤＰ

所持ＤＰは少し増えて１１４８になっていた。

小さいので少し見づらくはあるが、問題のない範囲だ。

「異性とどっか行くことにやたら比重がおかれてるな、このシステム！」

「パーティは男女混成にしとくとお得ですよ。簡単なクエストならメンバーを取っ替え引っ替えするのもいいですね」

店員がさりげなくアドバイスしてきた。

「これ、いくらですか？」

「５ＤＰです」

「これにしようかな。高遠くんは何か買う物ある？」

「そうだな。あれは？　たくさん物の入る鞄とか」

今持っているリュックは、夜霧が修学旅行に持ってきた何の変哲もないものだ。

もう賢者の石でいっぱいになりつつあるので、どうにかできればと思っていたところだった。

「ああ。それなら大丈夫だよ。私のクラスがそーゆーの使えるから」

「アイテムボックス？」

「それ。花川くんが使ってたやつ」

「そういや、壇ノ浦さんのクラスって何になったの？」

「あー。訊いちゃうかぁ、それ」

「言いにくいなら訊かないけど」

「隠すもんでもないんだけど、えーと、その……戦場の支配者……バトルフィールドルーラーっていうんだけど……」

「なんだか厳《いか》ついね……」

「うん……」

知千佳はどことなく恥ずかしそうにしていた。

14話　私、拷問についてはそれなりに経験がありますし

「まぁ……どうせこんなことになるだろうとは思ってたんでござるけどね……」

モンク用のカンフー着を着た花川はとぼとぼと森の中の道を歩いていた。

少し後ろにいるのはクラスメイトの三人で、花川は無理矢理連れてこられたのだ。

「花川ぁ。ぼっちのお前をパーティに入れてやったんだからもっと喜べよ」

そう言うのは制服姿の牛尾真也《うしおしんや》だ。クラスはエロゲマスターで能力は触れた物体の時間を止めることだった。

「そうそう。こんな世界で孤立してたら大変だぞ？」

同じく制服を着たままの棟方圭一《むなかたけいいち》。クラスはエロゲマイスター。能力は透明化関連だ。

「お前を仲間に入れてくれるなんて、同じオタクの俺らぐらいのもんだよ。感謝しろよな」

もう一人も特に装備などは買わずにやってきた矢立光雄《やたてみつお》。クラスはエロゲマニアで能力は触手。

パート１では彼ら三人はエロゲ貴族などと呼ばれていたらしい。らしいというのはパート１での花川は、ほとんどクラスメイトと交流がなかったからで、後にそのような話を聞いただけだからだ。

「なーにが仲間でござるか。どうせ炭鉱のカナリアみたいなノリで使ってるだけでしょうが。だいたい何が同じオタクでござるか。ふざけんなでござるよ」

もちろんそんなことを聞こえるように言うわけもなかった。

モンクは上位クラスであり、エロゲがどうとかいうふざけたクラスよりも強いはずなのだが、レベル1の段階ではほとんど差がないのだ。

ギフトに差がなければ、後は身体能力と練度が違いとなる。

牛尾は空手を、棟方はボクシングを、矢立はテコンドーをやっているらしく、花川は暴力で彼らに勝ることができそうになかったのだ。

上位存在に対しても適当な口の利き方で煙にまいてきた花川だが、クラスメイトが相手だと分が悪かった。

彼らは、普段の花川を知っているから、何を言ったところで馬鹿にして上から目線で見てくるだけなのだ。

「だいたいオタクが格闘技とかやってんなでござるよ。おとなしく格闘漫画でも読んで、最強談義でもしてろでござる」

ぶつくさ言いながらも周囲に気を配りながら花川は歩いていく。

これは討伐クエストなのだから、どこかにモンスターがいるはずなのだ。

「目的地ってこのあたりなんじゃないの？」

牛尾が立ち止まる。このまま逃げようかと花川は思ったが、モンスターがいるかもしれない場所で一人になるのは得策ではないだろうと思いとどまった。

囮《おとり》に使われていようと、囮としての価値があるなら花川を生かそうとはするはずだ。

「クエスト依頼にはあんまり詳しいことは書いてなかったよな」

「でも難易度1だろ？　さすがに探すのにも一苦労ってことはないんじゃないか？」

今回のクエストはゴブリン十体の討伐だ。

フィールドは孤島。周囲を海に囲まれた小さな島だ。島の中央には森があり、ゴブリンはそのあたりに棲息しているらしい。

ここも地底のどこかのようだが、ベースタウンとは違って洞窟のような雰囲気はどこにもなかった。

海岸線から見た海はどこまでも続いていて、境界は見当たらなかったのだ。

「とにかく、ゴブリンでも何でもいいので倒してレベルアップでござるな。レベルさえ上がればエロゲ三銃士だかに負けはせんのでござるよ」

ゴブリンは一体あたり2ＤＰの報酬になるが、それは倒した者にだけ与えられる。当然、彼らは独占しようとするだろうから、花川もどさくさ紛れに一体程度は倒しておきたいところだった。

「こっちじゃないかな？　洞窟みたいなのがあるし？」

「それで間違いないでしょ。ゲームっぽいテンプレに沿ってるみたいだし」

棟方が何かを発見したようだ。

彼は透視能力で木々の向こう側を見ることができるので、探索にはうってつけの人材だった。

「花川。洞窟だぞ」

「それがどうかしたでござるか?」

花川は道を少し戻り、牛尾たちと合流した。

道から左側を見れば岩壁があり、そこにぽっかりと穴が空いていた。

「何言ってんだよ。ここがお前の勇気の見せ所じゃないか。先陣を切るもんでしょ」

「えー? こーゆーのって煙で燻《いぶ》すとか、出口を塞いで兵糧攻めしたりするもんじゃないのでござるかぁ?」

「俺らはそーゆー卑怯なことはしないんだよ」

「いや、でも、無策で洞窟に突っ込むとか馬鹿丸出しではないですか」

「無策じゃないでしょ。まずは花川が調べるんだから」

背中を押され花川は洞窟のほうへと押しやられた。

仕方なく、花川は洞窟の前まで歩いていく。

穴は、人が三人ほどは並んで歩ける大きさだった。出入りしているような痕跡があるので、何かがここを使っているのは間違いなさそうだ。

花川は中を覗《のぞ》き込んだ。

「しかし、何か明かりがなければろくに歩け……なにやら明るいですな」

入り口近辺はともかく、奥に行けば光が届かず何も見えないと花川は思っていた。

だが、見たところ奥のほうまで洞窟の様子が見えているのだ。

「ゲーム的な仕様なんだろ。わかりやすくていいじゃん。ほら。偵察してきてよ。ゴブリンいたら戻ってこいよ？　一人で戦うと危ないからな」

「ええ。拙者もそんなことをするつもりは毛頭――」

洞窟の前で振り返り、牛尾たちを見る。

何かが木の上にいた。

小さな、無毛の猿のような生き物。肌は少しばかり緑色で腰蓑《こしみの》をつけていて、手には身の丈に合わないほどの巨大な棍棒を持っている。

あれがゴブリンだ。そう思った花川は警告しようとした。

だが、声を発する前にそれは飛び降りた。

「ぐげっ」

奇妙な音を出して、牛尾が倒れた。

どれほどの衝撃を受けたのか、頭部は大きく陥没し、首にめり込むようになっていた。

「え？」

まさかの展開に花川は硬直した。

まさか、こんなところでいきなり人が死ぬとは思ってもいなかったのだ。

「牛尾！　どうし――」

藪《やぶ》の中から突き出された槍が棟方の背に突き刺さった。

「くそっ！　触手だ！」

立ち直った矢立が能力で地面から触手を生やす。触手はあっさりと棍棒を持ったゴブリンを絡めとった。

だが、彼にできたのはそこまでだった。

ゴブリンが力を入れて振りほどくと、触手はあっさりと引きちぎられたのだ。

今の彼が出せる触手は細く、貧弱だった。レベル1ではさほど強度のある触手を召喚できなかったのだ。

「ぎゃあああああ！」

矢立が叫ぶ。彼の能力は触手と感覚を共有している。触手の痛みはそのまま矢立が感じることになるのだ。

動きの止まった棟方と矢立に二頭のゴブリンが襲いかかる。

棍棒で滅多打ちにし、槍で滅多刺しにしたのだ。

二人はすぐに動きを止めたが、それでもゴブリンたちは攻撃の手を緩めなかった。執拗に攻撃を加えているのだ。

「おかしいでござろうが！　難易度1なんでござるよね!?」

けっきょく、花川たちはこのゲームを舐めていたのだ。

以前の経験から、ゴブリン程度なら大丈夫だとたかをくくっていた。

「こうなったら逃げるしかないでござ、おばぁあ！」

突然の衝撃を喰らい、花川は吹き飛んだ。

洞窟の中からやってきた何かに攻撃されたのだ。

花川は道まで吹っ飛び、立ち上がった。

それほどのダメージを受けていないのは、花川が身につけているカンフー着のおかげだろう。

花川は、牛尾たちに目を付けられる前に武具屋で装備を調えていたのだ。

「ヒール！」

少しばかり回復しながら、牛尾たちに目を向ける。

そこには三頭のゴブリンが集結していて花川を見ていた。足下には原形を留めていない三人が転がっている。

「そ、装備ぐらい準備しとけばよかったのでござる。異世界舐め過ぎでござるよ！」

パート1の時の彼らはそれでうまくいっていたのだろう。

だから装備も調えずに制服のままやってきて、花川の装備をコスプレ呼ばわりして馬鹿にしたのだ。

「とにかくどうにかしてこの場を乗り切るしかないのでござる！」

花川は、アイテムボックスから棍を取り出した。

ちなみに地底クエストに参加した時点でアイテムボックスは空になっていたので、この棍は武具屋で買い求めた物だ。

なんとなく前に突き出して、ゆらゆらと揺らしながら構えてみた。

「棍マスタリーがあるからこれで拙者も棍の達人！　とか思ったのでござるがそんなことはなかったでござるね！」

棍を手にすれば自動的に技を繰り出せるのかと思っていたが、そんなことはないようだった。今のところ、スキルの棍マスタリーにどのような意味があるのかわからない。

だが、少しは牽制になったようで、ゴブリンたちがすぐに突っ込んでくることはなかった。

「ヒールの回復量が下がってるのでごり押しもできぬでござるし……気弾！」

花川は時間を稼ぎながら練気を行っていたのだ。

気弾は練気で溜めた気に応じて威力が上昇する。レベルが低くとも時間さえかければある程度の威力は望めるはずだった。

棍を手放し、掌を突き出す。掌から放たれた光の球は、まっすぐに飛んでいく。

同時に、花川はゴブリンに背を向けて逃げ出した。

この道を戻れば、海岸に辿り着く。そこにはベースタウンへのゲートがあるのだ。そこまで行ければ、クエストは失敗になるが無事に逃げ出すことができるはずだった。

三対一で無謀な戦いをするよりも、逃げ切れる可能性に賭けたほうがよほどましだ。

そう思ったのだが、その賭けには早々に敗れることになった。

右足に激痛が走り、花川は無様に転げたのだ。

転んだ勢いでゴロゴロと転がり動きを止める。足には、槍が突き刺さっていた。ゴブリンが槍を投擲《とうてき》し、それが運悪く足に当たったのだ。

花川は槍を引き抜いて、回復呪文を唱えた。

「ヒール！　ってちょっと痛みが治まるぐらいの効果しかないでござるね！」

つまり、もう走れなかった。

痛む足を引きずりながら移動したところで逃げ切れるわけもない。

「終わった……のでござるかね？　これまでも様々なピンチがありつつもどうにか生き抜いてこれたというのに……ってこれまでのことを思い出すと走馬灯みたいな感じでござるが！」

上体を起こし、振り向く。

ゴブリンたちが迫ってきていた。

槍を投げて素手になったゴブリンと、棍棒を持ったゴブリンが二体。

その顔に暗い笑みが浮かんでいて、両目には何かが突き刺さっていた。

「へ？」

訳がわからず呆然としていると、ゴブリンの頭が落ちた。首に赤い線が走り、そこからぽろりと外れるように取れたのだ。

ゴブリンたちは血を噴き出しながら前のめりに倒れ、動かなくなった。

「オー！　花川くんじゃないー。こんなところでどうしたのー？」

「えーと……？　キャロルたんではないですか！」

いつの間にか赤いニンジャ装束を着たキャロルが傍に立っていた。

そして、ゴブリンの後ろ側に立っているのは羽織を着込んだ二宮諒子だ。

「何でと言われましても、え？　これって拙者らのクエストなんでござるが他の人が来るとかあるんでござるか？」

「クエストは別でもフィールドは共通みたいねー、これ。私らはキノコ狩りに来たんだけど」

「これ何が起こったんでござる？」

キャロルが棒手裏剣を投擲。眼を潰したところで諒子が真正面から突っ込んで首をはねたということだった。

言われてみれば単純なことだが、その行動の全てが花川にはよくわからなかった。

気付けば終わっていたとしか思えないのだ。

「しかし、キャロルたんも諒子たんもレベル1でござるよね？」

「はい。ですが、この程度の敵が相手ならそれほど問題はないかと」

やってきた諒子が言う。

「まあ、これぐらいの敵なら異世界とか関係なく倒してたしねー」

「おおう……あ！　ではゴブリン退治を手伝ってもらってですね！」

「え？　ごめん。私らキノコ狩りやらなきゃいけないから」

「通り道で襲われている人を見かけたので助けたまでです。それ以上のことをするつもりはありませんが」

「で、ではそちらを手伝いますので、こっちの手助けも一つ……」

「助けて何か私らにメリットあるんですかネ？　お仲間も死んでるみたいですし、さっさとクエストキャンセルしたほうがいいと思いますヨ」

キャロルの目は実に冷ややかで、死んだクラスメイトに対してさほど思うこともないと言わんばかりだった。

だが、ここで見捨てられては今後の生存が危うくなってしまう。

あれほど危険なゴブリン十体を一人で倒しても得られるのはわずか20ＤＰなのだ。生きるためには生存税を支払う必要があり、それには継続的なＤＰ獲得手段が必要になる。つまり、もっと危険に踏み込んでいかねばならないのだが、それには手練《てだ》れの協力が不可欠だった。

ここで彼女らに出会えたのは千載一遇の好機だろう。

このチャンスを逃すことなく、花川はどうにかしてキャロルたちに同行しなければならないのだ。

「あー、メリットですか。その拙者をマスコットとして連れていけるですとか……あ、いや、先頭を切って危険に飛び込んだりするでござるよ？」

「花川くんいても邪魔なぐらいなんだけど？」

キャロルは実にそっけなかった。

「ぐぅ。拙者自身の魅力では少しばかり足りなかったでござるか!?」

「魅力……？」

「あ、その、本気でそんなものあるのかとしげしげと探るように見られるとへこむのでござるが……えーと、そう！　拙者に価値がないとしても拙者が持っている情報には価値があるかもしれないのでござるよ！　ずばり！　高遠殿の居場所を拙者は知っておるのですが？」

「ではそれだけ教えてもらいましょうか」

いつのまにか諒子が目の前にいて、花川は喉に刀の切っ先を押しつけられていた。

「諒子たん、思ったより過激な人でござった！」

「私たちのいるチャンネルは一通り探ってみましたが高遠さんは見当たりませんでした。なぜ花川くんが知ってるんですか？」

「仲間にしてくれないなら言わないでござる！」

「私、拷問についてはそれなりに経験がありますし、真実を語っているかもある程度は判別が可能なんですが」

「わかったでござる！　言うのでじわじわ刀を刺してくるのやめていただきたいのでござるが!?」

刃が首に食い込んでくる感触に耐えきれず、花川は全てを喋ることにした。

「……ということでなんだかわからんうちに賢者の石とやらを埋め込まれていたわけなんでござる」

「どうする、諒子？」

「嘘は言っていないようですね。そうなると高遠さんのところに連れていかざるを得ないですが」

「うーん。でも必要なのって石だけなんだよね？　それって胸を裂けば取り出せるわけでしょ？」

「もう何というのか、拙者をただの豚ぐらいにしか思ってないのが本当に怖いのでござるが！」

「ですが、さすがに取り出した石を渡せば高遠さんの不興を買う恐れがあるかと。花川くんも一応クラスメイトなわけですし」

「えー？　そこら辺でのたれ死んでたから石を取り出したって言えば納得しないかなぁ？」

「いや、あの、キャロルたん。拙者を殺す方向で推すのはやめていただきたいのでござるが？　諒子たん頑張れって感じなんでござるが？」

「いえ。下手な嘘をついて整合性が取れなくなるのも問題ですし、やはりこのまま連れていきましょう」

諒子がようやく刀を納めた。

「た、助かったでござる！　諒子たん、靴とかお舐めしてもよろしいでござるかね？」

「一切興味がなかったので花川くんのことをこれまで気にしていなかったのですが、相当鬱陶しい感じの人ですね……」

「それで、ゴブリン退治を手伝ってくれるのでござるかね？」

「いえ。そんな余裕はないのでそちらはキャンセルしてください。キノコを後二つ取って私たちは帰還します」

「キノコあったよー！」

キャロルが近くの木の根元からキノコを取ってきた。

たまたまここにやってきたのはキノコが目的だったようだ。

「では、これでクエスト完了です」

「えー？　そんなに焦らなくても――」

あたりが急に陰り、花川は空を見上げた。

巨大な、一目見ただけでは理解が及ばないようなものが空に浮いていた。

それは例えるなら、剥き出しの内臓をひとまとめにしたようなものだ。生き物らしいとだけはわかるが、それ以外は何がなんだかさっぱりとわからないものが、上空を移動している。

無数の腸のようなものをくねらせ、肺のようなものを膨らませながら、悠然と空を飛んでいるのだ。

「花川くんは何も考えずにのほほんとやってきたみたいだけど、ここにはあんなのがいっぱいいるわけで、余計なことしてる余裕ないのよねー」

「あ、はいでござる。さっさと帰るでござるね！」

花川は一刻も早く帰りたくなっていた。

15話　ゲームとかだと簡単そうにやってるけど、植物の同定ってかなり難易度高い

地底クエストは、一部の限られた者だけが栄華を誇るゲームだった。

大半の者は難易度1のクエストですら、まともにプレイすることができず、数日で脱落してしまうような高難度のゲームなのだ。

ここでは、ただの一般人は必死に演技をして暮らしている。武具屋の店員を、冒険者ギルドの受付を、酒場でたむろする冒険者を、これといった特徴のない者たちは、それでもどうにかキャラを立てて、日々上がり続ける生存税を納めるために努力している。

そんな世界において、ラスボスを倒し新たなシーズンをスタートできる一部のプレイヤーはまさに英雄だった。

ヴォルフもそんな英雄の一人だ。

ヴォルフは己の立場を存分に楽しんでいた。この世界でならどんな横暴も許されるし、最終的にラスボスを倒しさえすれば感謝すらされる。

ゲームクリアの報酬で地上に帰った者も多少はいるらしいが、ほとんどの者はそのままこの地に

残ることを選んだ。この世界で好きにやりたい者たちは、装備や強さがシーズンアウトでリセットされないようにと願うのだ。

そうすれば特に何もしなくても、いつでも強くいられる。

下々の者があくせくと努力してシーズンごとに必死に生きているのを、高みの見物で過ごすことができるのだ。

今、この世界にはそんな者たちが二十名、五パーティほど存在している。

特に連携をしているわけでもないが、暗黙の了解でラスボス退治をこの五パーティで順番に回しているのだ。

このゲームは何者かを楽しませるために存在しているという噂がある。その者からすれば、今の状況はとても退屈なものかもしれないが、ヴォルフからすれば知ったことではなかった。

だが、さすがにゲーム運営側もこのままの状況を続けるつもりはないらしく、いくつかのてこ入れを図ってきたようだ。

わかりやすいところではチャンネル数の急増。地上で何かが起こったらしく、今までとは比較にならないほどの人々がこのゲームにやってきたのだ。大半は有象無象だろうが、中には強者がいるかもしれず、ヴォルフたちの立場を脅かす者もいるかもしれない。

フィールドも増加していて、これまでは三つのフィールドが使い回されていたが一気に拡大された。それに応じて新規モンスターなども増えているようだが、有力プレイヤーたちもまだ全貌を確認できていなかった。

他には武具の増加もある。これもかなり数が増えているようだ。武具にはそれぞれ固有の能力や組み合わせによるシナジーがある。ゲームを有利にプレイするためにはさらなる研究が必要だろう。今までの常識に囚われた装備では足をすくわれる可能性も出てきた。

そして、ヴォルフたちにとって最大の変化はラスボスクエストのギミック追加だ。

これまでも配下のボスを何体か倒してからでないとラスボスの場所まで行けないとか、ラスボスの属性が一定間隔で変化するのでそれに対応した攻撃をしなければならないなどの簡単な仕組みはあった。

だが、今回は少しばかり様子が異なるようだ。

ラスボスの偵察に行った者がいるのだが、誰も帰ってこなかったのだ。偵察に行く者たちは情報を持ち帰ることを前提にしていて、生存に特化している者たちだ。誰一人帰ってこず、何の情報も得られないのは異常事態だった。

正直なところ、面倒なことになったとヴォルフは思っていた。

だが、この世界はあくまでゲームなのだ。

どれだけ難易度が上がろうと、クリアする方法は必ず存在するし、何らかのヒントがあるはずだった。有力プレイヤーたちは、これまでの経験からそれを知っているのだ。

ヴォルフたち有力プレイヤーは傍若無人に振る舞ってはいるが、その立場を支えているのが豊富な経験と知識であることを十分に理解している。

つまり、いつものままでは立場が危うくなることをわかっているのだ。

これからも好き放題にやりたいのならば、早急にラスボスの攻略方法を確立する必要がある。

他の有力プレイヤーたちもすでに動きはじめているだろう。

ヴォルフも、彼らに負けじと攻略方法を探りはじめていた。

＊＊＊＊

「ただ犬の散歩してるようにしか見えないんだけど、本当にこれでいいんだろうか？」

首を傾げる知千佳の隣にはリードを持った夜霧が歩いていた。

リードの先には犬のダイがいて、少し先を歩いている。

知千佳たちが歩いているのは砂利道で、周囲には草原が広がっている。少し離れたところには道と並行して流れる穏やかな小川があり、道の先には鬱蒼《うっそう》とした森が広がっていた。

ベースタウンとは違って洞窟の中のような雰囲気はまるでない。おそらくは空中大陸と同様に、見た目をごまかしているのだろう。

「今さら焦っても仕方ないよ」

夜霧は、ライトメイルと呼ばれる防具一式を身につけていた。

革鎧に分類される装備だろう。要所は鉄で補強している軽装防具とのことだった。

武器はショートソードで腰に下げている。

攻撃される前に対応できる夜霧に武具は必要ないとも思えるが、コスプレ感覚で買ってみたのだろうと知千佳は思っていた。

ちなみに夜霧が持っていたリュックなどの荷物は、まとめて知千佳のアイテムボックスに入っている。

「というかさ。賢者の掌の上みたいな状況で大丈夫なんだろうかとも思うんだけど」

知千佳の格好は、ドレスアーマーと呼ばれるものだった。その名称通り、ドレスのような見た目の鎧なのだ。

一見では防御力はなさそうだが、そのあたりはゲームとしての補正があるのかもしれない。

これもコスプレだろうと言われれば、知千佳としては否定できなかった。これを選んだのは可愛かったからという理由が大きいからだ。

武器は両手につけている革製の手袋。そうは見えないがガントレットとのことだった。

他には飛び道具としてスローイングナイフをアイテムボックスに入れてある。

「今まで遭った賢者はたいていの場合頭がおかしかったってのは確かにあると思うんだけど、必ずしも敵対しなきゃいけないってことでもないだろ。向こうから襲ってこないんならさ」

『管理者権限で好きなようにできるのかもしれんが、わざわざゲームの形を取っている以上、ルールは守ると信じたいところだな』

「このゲームはいいとしてさ。なんかのんびりやってるうちに事態が急展開！　みたいなことばっかりだったんだけど」

知千佳はパート２になる直前の出来事を強く思い出していた。

行ったり来たりするばかりでろくに動いてもいなかったのに、いつの間にか知千佳たちの与《あずか》り知らぬところで世界崩壊寸前にまでなっていたようなのだ。

「それも仕方ないんじゃないかな。世界のどこかでは俺たちの知らないうちに別の思惑で動いてる人がいたりするんだから。そりゃ俺たちから見ればいきなり何かが起こったように見えるだろうけど」

「ま、できることをやるしかないんだけどね。で、薬草ってどれなの？」

ここは森と草原フィールドで、知千佳たちは薬草を集めにやってきたのだ。

薬草を十個集めて、ゲートに帰ればクエスト達成で報酬がもらえるという仕組みだ。

薬草一つで１ＤＰなのでたいした報酬でもないが、一連の流れを把握するにはこの程度から始めたほうがいいだろうと相談してこのクエストを受けることにした。

「キラキラ光ってたりしないのかな？」

「いや、どんなゲーム脳だそれ」

『薬草とだけ言われてもな。薬効のある植物などそれこそ無数にあるのだが』

「実際、こんな草原の中から薬になる草を探せって話だと、無理ゲーなんですけど」

「クエスト説明だと、回復ポーションSの材料らしいけどね」

「回復ポーションってこれだよね？」

知千佳はアイテムボックスから道具屋で買っておいた回復ポーションを取り出した。

回復ポーションは赤くてぷにぷにとした球体だ。透明なゼリーで液体を包み込んだようになっている。

使い方は簡単で、割って中の液体を患部にかけるというものだった。一定以上の圧力で割れるようになっていて、緊急時には仲間にぶつけて使うこともできる。

「というか、アイテムボックスってどうなってるの？」

「うーんと。使おうと思うと目の前に半透明のウインドゥみたいなのが出てきて、アイテム一覧が表示されるの。で、これを出そうって思うと手に現れるって感じかな。しまう時も手に持って念じればＯＫ」

「壇ノ浦さんが目の前でそんなことやってるとちょっと驚くよね」

「いや、高遠くんには毎回驚かされてますけどね」

なにしろ殺そうと思っただけで相手が死ぬのだ。アイテムボックスなど目ではない異能だろうと知千佳は思う。

「このポーションがヒントになるかな？　草が赤いとかさ」

「あー、清涼飲料水じゃないんだから、わざわざ着色料とかで赤くはしないよね。たぶん」

「と、言ってもこのあたりに赤い草なんて生えてないけど」

夜霧がきょろきょろとあたりを見回している。

知千佳も見てみたが、周囲一面は緑色の草で覆われていた。ところどころに黄色や白色の小さな花が咲いているが、赤のような目立つ色はどこにも見当たらなかった。

「これ、時間制限とかないよね？」

「クエスト案内には何も書かれてなかったな」

「もこもこさん、上空から見て何かわからない？」

『このあたりで目立つ何かは見当たらんな。もっともしれっとそこらに生えていても判別はできんと思うが』

「意外に難しいのかな？　情報屋で情報を買えばよかったのかも」

「こーゆーのこそ、教えたがりの冒険者に訊いておけばよかったんじゃない？」

「ゲームとかだと簡単そうにやってるけど、植物の同定ってかなり難易度高いな……あ、ダイなら匂いでわかるってことないかな？」

「えー？　そんなことできるかなぁ。犬って訓練してないとかなりアホだよ？　普通の犬は匂いの追跡とかできないし」

「とりあえず試してみてもいいんじゃないかな。ポーション一個くれる？」

知千佳は手に持っていたポーションを夜霧に渡した。

「このままじゃ匂いはなさそうだな。これ割ってもいい？」

「一個ぐらいならいいよ」

夜霧がポーションを地面に叩き付けた。

球体が弾けて、赤い液体が地面にぶちまけられる。

かすかな甘い匂いがあたりに広がった。

「ダイ。この匂いの元になってそうな草の匂いがわからないかな？」

「わん」

犬に匂いの元を探れと言ったところで理解できるはずもない。

しかし、しばらく地面の匂いを嗅いでいたダイはゆっくりと歩きだした。

「うそ!?」

「ついてってみよう」

まさかと思いながらも知千佳たちはダイの後をついていった。

ダイは道沿いに歩いていき、やがて森の前へと辿り着いた。

「森のほうがいろいろある気はするな」

「あり過ぎてもわかんなくなるけどね」

とことこと歩いていくダイに続いて森に入る。

少し行くと、ひらけた場所に出た。そこには赤い花が密集して咲き乱れている。

「わん！」

褒めろと言わんばかりなので、知千佳はダイの頭をなでた。

「いやぁ……この子もしかして賢い？　私らの言うこと理解できてるのかな？」

「とりあえずこれを摘んで持って帰ろうか」

夜霧と知千佳は手分けして薬草かもしれない花を根から掘り起こした。

クエストに必要なのは十本なので、作業はすぐに終わった。

「どうする？　他にも摘んでみる？」

これで帰って違いましたとなれば時間の無駄だろう。

それならばもう二、三種類探して摘んでみてもいいのかもしれない。

「これが薬草かわかればいいんだけど……あ!?」

知千佳は、手にした花をアイテムボックスにしまった。

そして、アイテム一覧を確認する。

先ほど採取した花は、薬草と表示されていた。

「けど薬草ってくくり雑だよね!?」

「どうしたの？」

「これが薬草で間違いないみたい。アイテムボックスに入れたら一覧に表示されたし」

「そういうものなんだ。けど、それって、なんだかよくわかんない物でも名称がちゃんと表示されるってこと？　だとしたらそれは誰が決めてるの？」

「さぁ？　あんまり深く考えても仕方ないような」

採取した薬草は夜霧の分も全てアイテムボックスに収納した。

クエストの流れを最後まで把握はできていないが、ゲートを通る時に目的のアイテムを持っていればそれがカウントされるらしい。

なので、帰る直前に夜霧の分を渡せばいいだろう。知千佳が持ったままでは、知千佳にしかＤＰが加算されないのだ。

「これ、クエストに行く前に、何をするべきか考えて必要な情報を収集しとかないと駄目だな」

「だよね。ダイちゃんいなかったら、まだ迷ってたと思うし……」

最近のゲームならいたれりつくせりで導線が用意されているものだが、そこまで甘くはなかった。

行ってみればどうにかなるだろうと軽く考えていたがどうにもならなかったのだ。

「じゃあ帰るとしま――」

知千佳が引き返そうとしたところで、突如として轟音が鳴り響いた。

地面が揺れ、大気が震える。

森の中、そう遠くない場所で何かが起きたようだった。

「え？　何!?」

「雷でも落ちたのかな？」

夜霧が空を見上げる。だが、空は晴れ渡っていて、とても落雷が発生するような天気には見えなかった。

「どうする？」

「一応、確認しとこうか」

関係ないようにも思えるが、これもクエストに関連する現象なのかもしれない。

知千佳たちは、音の発生源へと向かうことにした。

近づくにつれ、焦げ臭い匂いと熱気が強くなった。

辿り着いてみれば、そこが轟音の元であろうというのは一目でわかった。

樹がいくつも裂け、倒れて、燃えている。

やはりここに雷が落ちたのだ。

そして、そこにはその雷を落とした者と、落とされた者がいた。

鎧を着こみ膝をついている女と、悠然と空に浮かんでいる黄金の竜だ。

「え？　何か見覚えがあるんだけど!?」

知千佳が思わず声を上げると、両者が知千佳に目を向けた。

「ん？　お前どこかで……」

雷を喰らったようだが案外元気そうな女が、知千佳を見て訝《いぶか》しげな顔になっている。

「んげぇえええ！　お、お主らなぜここにおるのじゃぁ！」

神々しい見た目とは裏腹に、竜は実に情けないセリフを口にした。

「ああ！　ゴールデンサンダードラゴンと、衛兵の人だ」

夜霧は思い出したようだが、知千佳にはあまりぴんときていなかった。

16話　じゃあ二人の事情はわかったし、続きをしたいんならどうぞ

「ええっと……ゴールデンサンダー……あぁ！　峡谷の！　羽ばたかなくても浮いてた！」

ハナブサの街から車で峡谷に入って迷っていた時のことだ。

知千佳たちは突然ドラゴンの群れに襲われた。

当然、夜霧が全て撃退したのだが、そこに稲光を纏った黄金の竜がボス然としてやってきたのだ。

「とりあえず一旦休戦にしないか」

夜霧が提案した。

「う、うむ」

浮いていた竜が降りてくる。

そして、小さな女の子の姿になった。

こんな姿だが、正体が少女というわけでもないらしい。人の男にウケがいいということで幼女になったと言っていたことを知千佳は思い出した。

「で、そっちの人は……そう！　チンピラたちに襲われてたのに見てただけで、後からのこと

やってきた人だ！」

「ものすごく人聞きが悪いのだが……まあ、おおむねそのとおりだな。あの時はあのチンピラたちの背後関係を洗っているところだったのだから」

クラスメイトたちに置いていかれた後、知千佳たちは近くにあったクエンザの街へと移動した。

そこで猫耳の少女に街を案内してもらったのだが、その少女はたちの悪い連中の仲間で知千佳たちを路地裏へと誘い込んだのだ。

もちろんチンピラたちは夜霧があっさりと倒したのだが、そこに後からやってきたのがこの衛兵の女だった。

彼女はチンピラたちが死ぬのを見ていたらしく、それは知千佳たちのせいだと判断して捕まえようとしたのだ。

けっきょく証拠がなくて解放されたのだが、とにかく面倒くさい人だったと知千佳は思い出した。

「なんとなく覚えてるんだけど、名前は何だっけ？」

夜霧が訊きにくいことをあっさりと訊いた。

「儂《わし》はアティラじゃ」

『そうそう！　のじゃロリだったな。そう言えば』

「私はエーデルガルトだ」

「で、二人は何をやってたの？」

夜霧が続けて訊いた。

「私はゴブリン退治のクエストにやってきたのだ。そこでドラゴンと遭遇して戦うことになったというわけだ」

「ふん。戦いというほどのものではなく一方的なものじゃったがな！」

「何だと！　貴様の渾身の一撃は私には通用していないぞ！　ここから私の反撃が始まるところだったのだ！」

「はぁ？　何が渾身の一撃じゃ!?　あんなもの儂の鼻息程度じゃ！　貴様は儂の鼻息一つで満身創《そう》痍《い》というわけだ！」

「何を!?　よく見てみろ！　焦げているのは表面だけだ！　こんな程度の攻撃、痛痒《つうよう》すら感じておらぬわ！」

「ほぉ？　なにやら膝をついておった気がするのじゃが？」

「あれはタメだ！　飛び上がって貴様を刺し殺すためにしゃがんで力をためていたにすぎない！命拾いしたのは貴様のほうなのだ！」

エーデルガルトは槍を持っていた。

とあるゲームの竜騎士さながらに、飛び上がって下突きでも繰り出すつもりだったのかもしれない。

「はい、ストップ。一旦、落ち着こう」

夜霧が仲裁に入った。

二人は渋々ではあるが言い争いをやめた。

「エーデルガルトさんがクエストをやってるのは俺たちと同じようなことだしわかるんだよ。でもアティラは何でここで人を襲ってるんだ？」

「そりゃ儂もクエストをやっているに決まっておるじゃろう？」

「え？　それはゴブリンを倒すとか薬草を採取するとかってこと？」

「何を言っておるんじゃ。モンスター側なんじゃから、人間を殺すことに決まっておろうが」

「そんなのあんの!?　しかもモンスター側って何!?」

「うむ？　そっちはこちらの事情を知らぬのか？　儂はモンスターギルドの所属で、クエストのほとんどは人間を殺すことなんじゃが」

セイラは世界中に降り注ぎ、生き物なら何にでも襲いかかって侵食しようとする。それは人間や動物だけでなく、モンスターが相手でも例外ではないのだ。

当然、ドラゴンのアティラも困り果てた。どうにか降ってくるセイラを迎撃できたものの、少しでも触れられれば終わりという危険な敵を四六時中相手にはしていられなかったのだ。

そこで、ドラゴンの中でも知性があり言葉を操れる者たちは、地底クエストへの避難を敢行した。

すると、アティラたちはモンスターの住む集落へと転送された。

獣人などは人間扱いで人の住むベースタウンへと転送されるのだが、知性あるモンスターの類はモンスタータウンに転送されるようなのだ。

モンスタータウンにはモンスターギルドがあり、ギルドに登録してクエストを行ってＤＰを貯めているとのことだ。人間とは敵対関係になっているものの、やっていることは似たようなことらしい。

「なるほど。対立構造になってるのか。でもまあそれは一旦やめといてよ」

「わかっておる。今さらお主に逆らうつもりなどない」

夜霧が大量のドラゴンを一気に倒したことをアティラは知っている。アティラはもともと夜霧を恐れていて協力的だったのだ。

「そーいや、あの後ってどうなったのかな？　アティラちゃんは聖王の騎士の従者になりたいとかで……」

言いかけて知千佳は気まずい気分になってきた。

塔の試練がいろいろあって終わった後、アティラには会わずに旅立ったのだ。

剣聖が死んでしまって顔を合わせづらいというのもあったが、けっきょく約束をうやむやにしてしまったような感じになってしまっている。

「あー、それなんじゃが……儂、お主らと別れた後に殺されてじゃな。気付けば生き返って時間も戻っておるような状況だったわけじゃが」

「じゃあ会おうと思っても会えなかったのか」

「だったら無視して行っちゃってもよかったよね！」

「別によくはないんじゃが……まぁ、済んだことは今さらじゃ。というかそもそもあれは夢のようなことになっとるわけじゃろ？」

モンスターたちの間でも、知性のある者たちは現状を理解しているとのことだった。

「その夢でアティラは何に殺されたの？」

「何というのか、全身に刃が生えておる人形のような奴じゃな。頭にこう刃をぶっさされてじゃな。なにやら情報を探られたのだが」

「そいつは私たちも見たね」

針鼠《ヘッジホッグ》のことだろう。旅の途中で何度か見かけることがあった侵略者《アグレッサー》の一体だ。

神の手下、ヒルコとの戦いでバラバラになったが、パート2の現時点では健在のはずだ。

もっとも、喋れるような雰囲気はなかったので、おそらくここには来ていないはずだった。

「貴様らはさっきから何の話をしているのだ」

アティラのことを思い出しながら喋っていると、エーデルガルトが割り込んできた。

「エーデルガルトさんも地上が大混乱になってってていうパターンですか？」

「そうだな。半信半疑ではあったが、周りの人間が次々に消えていったので、私もそれにならった形だ。あの謎の生物に太刀打ちできないことはすぐにわかったからな」

「部下の人とセットだったイメージがあるんだけど」

「ジョルジュか。こちらに来てからは会っていないな。別のチャンネルに行ったのだろう」

「念のために訊きますけど、もう私たちを追ってるなんてことはないですよね？」

「それなんだがな。私はレイン様の命令で貴様らを追っていたわけなんだが……不思議なことにそのレイン様が存在しないことも知っているのだ。つまり今の私にはお前たちを追うべき理由がないわけだ」

「だったら仲良くできそうですね」

「仲良くできるかは知らんが、敵対する理由はないな」

「じゃあ二人の事情はわかったし、続きをしたいんならどうぞ」

「できるか！」

アティラとエーデルガルトが同時に怒鳴った。

「エーデルガルトさんはともかく、アティラには戦う理由があるんじゃないの？」

夜霧は冗談ではなく本気で訊いているようだった。

モンスターと人間が戦っていて、無条件に人間を助けようとは考えないらしい。

「やる気が失せた。今さらこんなテンションで再開などできるわけがないのじゃ」

「ま、モンスターが人間を襲うのが自然の摂理？　的なことだとしても知り合いが殺されるのを黙って見てるのもどうかと思ってたから、よかったよ」

だが、夜霧も少しは人間側に肩入れするつもりはあったようで、知千佳はほっと息をついた。

「私も今さらゴブリン退治というテンションでもないが、放り出すわけにもいかんしな」

「ねぇ。それ見せてもらってもいいかな？」

「ゴブリン退治か？　別にかまわんが」

エーデルガルトが歩きだしたので、知千佳たちもついていくことにした。

モンスター退治系のクエストがどのようなものかを見ておくのも参考になるだろう。採取系のクエストの次は退治系をやることにしていたからだ。

「私たち、薬草採取のクエストにやってきて薬草のある場所がわからなくて困ったんだけど、エーデルガルトさんはどうなんですか？　ゴブリンのいる場所とか？」

「ん？　歩いていればそのうち向こうから襲ってくるのではないか？　何せドラゴンが襲ってくるぐらいだからな」

「いや、それあんまり関係ないような……」

エーデルガルトはあまりにも楽観的だった。

「仕方ないのう。ゴブリンならあっちじゃ」

アティラが進行方向から少しずれたほうを指さした。

「というか、アティラもついてくるんだ」

夜霧が意外そうに言った。あの場で別れてもう会うことはないとでも思っていたようだ。

「儂は貴様らについていくことに決めたからの」

「え？」

「それはそうじゃろう。人間側にタカトーがおることがわかったのじゃ。モンスター側になどおれるわけがない」

夜霧はアティラの仲間たちをあっさりと殺しているので、その恐怖が身に染みているのだろう。

「ついていくって言われても……どうなの？　ついてこれるものなの？」

「人間には人間用のゲートがあるのじゃろう？　ならそこから行けると思うが」

ゲートはフィールドとベースタウンを繋ぐ出入り口だ。

ゲートはクエストごとに現れるのだが、それはパーティごとに専用になっていた。つまり一つのフィールドに複数のパーティがやってきてそれぞれが別のクエストをこなすこともあるのだが、自分たちがやってきたゲートから帰るのであって、別のパーティ用のゲートは使用できないのだ。

ちなみにパーティの結成は簡単で、ベースタウンのクエスト出発口に同時に入った者たちがパーティとして扱われる。

「でもモンスターが人間用ゲートを通れるのかな？」

「しかしクエストから物は持って帰れるわけじゃろう？　儂を担いで入ればいいだけではないか？」

「物扱いでいいんだ……」

「で、アティラはゴブリンの場所がわかるのか？」

「儂を舐めるでないわ。ドラゴンの超感覚があればその程度は造作もないことなのじゃ！」

仲間にしておけば先々のクエストでターゲット探しが捗《はかど》るかもしれない。知千佳は少々打算的なことを考えた。

「それは仲間を売ることにはならないの？」

「おかしなことを訊くの。なぜゴブリンが儂の仲間なんじゃ？」

モンスターギルド所属とはいえ、仲間意識はないようだった。

知千佳たちは、アティラの指さしたほうへと向かった。

しばらく行くと、森の中に大きな岩があり、その下方にぽっかりと穴が空いていた。

「中にいるの？」

「うむ。二十体ほどの集落じゃな」

「大勢でぞろぞろ行ける広さでもなさそうだね」

大人なら一人が腰をかがめながらならなんとか進める程度の大きさの穴だ。この人数で乗り込むのは厳しそうだった。

「まあ儂のサンダーブレスなら一撃で全滅じゃがな！」

「貴様は阿呆か！　それでは私のクエスト依頼が達成できんではないか！」

「でも、中に入って戦うってのは現実的じゃなさそうだ。どうにかして誘《おび》き出すしかないんじゃないかな」

夜霧が思案している。

確かに屈《かが》んで入ったとして、中には戦えるような広さがないかもしれない。

「もこもこさん。こーゆー時に便利な、何か卑怯な壇ノ浦流のやり方はないんですか？」

『お主、壇ノ浦流を何だと思っておるんだ。まあ、こんな場合なら毒ガスを送り込むのがてっとりばやいか。壇ノ浦流毒煙術なら一網打尽だが』

「材料ないじゃん」

「仕方ないのう。超弱サンダーブレスでびりっとさせて追い出すというのはどうじゃ？」

「仕方がないな。とりあえずそれを試してみたらどうだ？」

「何で手伝ってもらうお主が偉そうなんじゃ」

だがここで言い合っていても事態がまるで進まないと思ったのだろう。

アティラは手を伸ばし掌を洞窟へと向ける。掌から稲光が迸《ほとばし》り、洞窟へと吸い込まれていった。

「あ、ブレスって言うからてっきり口から出るのかと」

「この形態ならどこからでも出るのじゃ」

しばらくすると、洞窟から人間の子供のような生き物がわらわらと飛び出してきた。それらは腰蓑だけをつけていて、手には棍棒や剣や槍を持っている。襲撃と思ったのかすでに臨戦態勢になっていた。

知千佳はそれをモンスターだと瞬時に断定できなかった。肌の色が少し緑がかっているのと、子

供にしては筋骨隆々というぐらいしか人間との違いがないのだ。

「ふむ。ちょうど十体か」

「残りは非戦闘員じゃろうな」

「私も女や子供まで倒そうとは思わんしクエストが達成できればそれでいい。貴様らはそこで見ていろ」

「十対一で大丈夫なんですか!?」

「この程度の奴らなら造作もない！」

エーデルガルトが槍を手に突進する。

決着がつくまでにそう時間はかからなかった。

エーデルガルトはゴブリンの攻撃を一切回避せず、攻撃だけを繰り返したのだ。

小さいながらも、鋼のような身体から繰り出されるゴブリンの攻撃は十分な威力を持っているだろう。だが、一撃で鎧すらひしゃげそうな打撃をエーデルガルトは意に介していなかった。

何をしてこようと、ただ愚直に的確に攻撃する。

最後に残された数体などは、ほとんど戦意喪失して怯えているような有様だった。

「まあ当然と言えば当然じゃがな。儂の鼻息レベルのサンダーブレスとはいえほぼ無傷で耐えたのだ。ゴブリン程度の攻撃が通用するはずもあるまい」

「えーと……なんか思ってたより強かったね。エーデルガルトさん」

「あれって武術的にはどうなの？」

疑問に思ったのか夜霧が訊いた。彼の目にはエーデルガルトが無茶苦茶に暴れているようにしか見えないのだろう。

『あれはあれで理にはかなっておるな。効かぬ攻撃を避ける必要はないわけだし、その分効率的だ』

「よし！　終わった！」

洞窟の前には、ゴブリンが倒れ、血だまりができていた。

ゲームのような設定だろうとこれは現実であり、倒したモンスターが消えたりはしないようだ。

「ちなみに奴らもモンスターギルドの一員で、ここに住んでおるわけではない。一定時間生き延びればＤＰがもらえるといったクエストをやっておったのじゃ」

逃げ続ければいいのではとも知千佳は思ったが、人間と戦わせたいのならエリアを限定していたのかもしれなかった。

「じゃあ非戦闘員の人も来る必要はあったの？」

「それはあるじゃろ。ＤＰは譲渡できぬから、各自で稼ぐ必要があるのじゃ。そっちにも生存税はあるんじゃろ？」

モンスター側の事情も人間側とそう変わらないようだった。

17話　全てにおいてモンスターならこんなもんでよかろうという舐めくさった感じ

いくら幼女の姿になっているとはいえドラゴンをベースタウンへ連れ帰れるのかと知千佳は不安に思っていたが、やってみればできたのでゲートの仕組みは結構いい加減なもののようだった。

「ここが人間の冒険者ギルドか！」

夜霧に肩車されているアティラは冒険者ギルドに興味津々のようで、ただの酒場を見て喜んでいた。

ちなみにダイのリードは知千佳が持っている。

「さすが田舎くさいドラゴンだ。こんなどこにでもあるような酒場で大はしゃぎとはな」

エーデルガルトが少し遅れてギルドのクエストゲートから現れた。彼女のクエストは夜霧たちとは別だったので、スタート地点となるゲートが異なったのだ。

「何とでも言うがよいのじゃ」

ご機嫌なのか、エーデルガルトの嫌みをアティラは気にしていなかった。

「手に持ってた薬草がなくなってるから、あれが納品物ってことでよかったのかな？」

ゲートを通る前に、夜霧には薬草の花を五本持たせていた。

知千佳がアイテムボックスを確認すると薬草は消えていたので、アイテムボックスに保管したままでも問題はないらしい。

「これは受付とかいかなくても、帰ってくればクエスト完了でいいのかな？」

「ＤＰを見ればわかるかな」

夜霧がアティラを下ろしながら言った。

知千佳は水晶玉でＤＰを確認した。

・クエスト報酬　５ＤＰ
・ドラゴンを仲間にした　５００ＤＰ

確かに帰ってきた時点でクエスト完了のようだった。

「クエスト報酬はもちろんなんだけど、アティラちゃん連れてきたので５００ＤＰ増えてる？」

「俺も見てみるよ」

知千佳は夜霧に水晶玉を渡した。

「俺も増えてるけど……ちょっと違うな」

・クエスト報酬　5DP
・ドラゴンを仲間にした　500DP
・ハーレムメンバーを追加した（二人目）　100DP

「アティラがついてきて仲間ってことになって、男一人に対して女性メンバーが増えるとハーレムって扱いになる？」

「何か釈然としないものを感じるんだけど？」

「じゃあ、こうするとどうなるんだろう。エーデルガルトさん」

「何だ？」

「俺たちと一緒に行動しませんか？」

「ふむ……まあいいだろう。ゴブリン程度ならどうにでもなりそうだが難易度1だからな。この先何があるかわからないし、仲間を増やしておいて損はなかろう」

「ありがとう」

　夜霧が水晶玉を確認したので、知千佳も覗き込んだ。

・ハーレムメンバーを追加した（三人目）　200DP

「増やせば増やすほど得なのかよ！　てか私が一人目扱いなのが何かやだな！」

「ダイは仲間って扱いじゃないのか？」

「ダイちゃんはペット扱いなんじゃない？」

ダイが仲間であれば、冒険者としてDPを稼いで生存税を納めることになる。さすがに動物にまでそんなことはさせないだろうと知千佳は思っていた。

「そういやアティラはどうなるんだ？　モンスターギルドに登録してるんだよな？」

「そうだが冒険者ギルドに登録してはならんというルールもないと思うのじゃが？　あれか？」

アティラは、受付カウンターを見つけると勝手にそちらへと向かっていった。

そして、受付嬢と会話し、カウンターの水晶玉に触るなどしてからこちらへと戻ってきた。

「登録できたのじゃ。これで儂も晴れて冒険者ということよの！」

ちょっと手続きをしてきただけなのにアティラはかなり自慢げだった。

「何か……地底クエストって雑だよね、作りが」

「モンスターがこっちに来て登録するとかは想定してなかったんじゃ」

「で、これからどうする？」

「そうだな。外も暗くなってきてるし、今日の活動はこんなところにしておこうか」

ここは地底のはずだがギルドの窓から見える外は夕陽に照らされたように赤くなっていた。

＊＊＊＊＊

知千佳の一行は酒場で夕食を取った後、宿屋に向かった。

宿屋には複数のランクがあるのだが、とりあえずは最低ランクに泊まることになった。

最低ランクといっても、馬小屋などではなく知千佳の目から見れば特に不便のない普通の宿泊施設だったからだ。

この地底クエストというゲームは最低限の衣食住は惜しみなく提供してくれるようで、武具も安いものであれば各種1DPから用意されているし、食事も一品が1DPから、宿屋の最低宿泊費も1DPといった具合だ。

夜霧とダイで一部屋。知千佳とアティラで一部屋。エーデルガルトが一人で泊まるという部屋割りになった。

「アティラちゃんは、本当にこっちに来ちゃっていいの？　仲間のドラゴンとかは？」

知千佳はベッドに腰掛けてアティラに話しかけた。

「大半は言葉も喋れんからそもそもこっちへは来とらんじゃろ」

アティラはベッドの上で跳びはねていた。

酒場でもそうだったし、どうやらあまり人間の文化には馴染みがないようで、見るもの全てが新鮮に映るらしい。

「そういうものなんだ」

「お主らから見れば似たようなものに見えるかもしれんがな。喋れる奴でも賢者の戯言を本気にしたかは怪しいものじゃ。それに配下の者はほとんどおらんかったぞ。タカトーに殺された者は生き返れんかったのではないか？」

「えーと……」

知千佳は大賢者によるリスタートについて知っていることを簡単に説明した。

「なるほどの。しかしそう言われればこれは儂にとってはパート3な気もするのじゃ」

「こんなことが前にもあったってこと？」

「そんな気がする、程度じゃな。お主らの推測が正しいのなら、時間が経てば前のパートのことは全て夢だったとして忘れてしまうんじゃろ？　今となっては確認のしようもないしの」

「アティラちゃんは結構長生きなんだ？」

「うむ。いつから生きておるのやらもう自分でもわからんのじゃ」

「アティラちゃん、もしかして偉いドラゴンなの？」

「さてな。儂は昔からずっとあのあたりに住んでおって、周辺のドラゴンは支配下においておったので偉いといえば偉いのかもしれんが……しょせんは局地的なものよな」

「んーと、アティラちゃんは聖王の騎士の従者になりたいって言ってたよね？　ドラゴンのトップからすればそれってかなり格下ってことにならない？」

峡谷で最初に話を聞いた時はそんなものかと思っていたが、話を聞いているうちに不思議に思えてきたのだ。

「退屈だったのじゃ。ほとんど何もないような峡谷で、ろくに喋れもせんような蜥蜴《とかげ》どもの上にふんぞりかえっていて何が楽しいのじゃ。儂はな、大手を振って人間の世界に行きたかったのじゃ」

「人間の姿になれるんだから、勝手に行ったらいいんじゃ」

「あほか！　怖いじゃろが！　儂は人間の世界のことなど何も知らんのじゃぞ!?　すぐにバレて追い返されるに決まっておるのじゃ！　だがな！　聖王の騎士の従者ということになれば、聖王の騎士についていけば後はよしなにやってくれるじゃろうが！　多少儂がへまをしようが聖王の騎士の責任にできるではないか！」

「威勢はいいけど言ってることは情けないな！」

「とまあ、そういうつもりでお主らを推薦したわけなんじゃがな。まあ全て夢だったのなら今さら何を言うつもりもない。今の状況はこれはこれで面白いしのう」

「じゃあ今後は冒険者でやってくつもりなの？」

「そのつもりじゃ！　なんじゃが儂がやっておった人間を殺すクエストはどういう扱いになったのじゃろうか」

「どうなんだろうね。クエストは二重に受けられないはずだから、継続中だと困るよね」

「うーむ。その場合は一度キャンセルをせねばならぬのか？　まあ明日にでもクエストを受けて試してみればよかろう！」

「そういやモンスター側ってどんな感じなの？」

「何というのか、舐めた感じじゃった」

「舐めた？」

「適当に枝分かれした洞窟じゃな。そこら辺に勝手に住んでろと言わんばかりじゃったわ！」

「モンスターギルドは？　建物とかあるわけ？」

「そんなものあるわけなかろうが。でっかい木が生えておる巨大な空洞があってだな。その木がギルド登録やらクエストの受付をするわけだ。で、ゲートはでっかい水たまりじゃ。そこに飛び込めばフィールドに転送されるという感じじゃな。全てにおいてモンスターならこんなもんでよかろうという舐めくさった感じじゃったわ！」

「そこらへんも雑だったかぁ……」

「しかし、妙な一団が何やら城のような建物を作っておって、そこだけは雰囲気が違っておったな。まあ、それはその一団が勝手にやっておったようじゃが。儂もこっちに来ることがなければ、そやつらに接触しようかと思っておったんじゃが」

「そっちはそっちで派閥とかあったのかな？」

「さてのう。人間に比べれば単純な奴が多そうじゃったから組織だった行動はなさそうではあったが」

ゴブリンは単純そうだったが、知能の高いモンスターもいることだろう。

アティラなどは人間と似たような思考をしているし、人間側の動きを読む相手も出てくるはずだ。

「ま、高遠くんがいればどうにでも……ってあんまり頼り切るのもなぁ」

全て夜霧まかせなのも問題だろう。

知千佳も、自分にできることはやっていこうと心に決めるのだった。

＊＊＊＊＊

地底クエストの舞台に来てから一週間が経った。

生存税は日付が変わる際に自動徴収されるのだが、七日目で１７７ＤＰになっている。まだ納税はできる状態だが、このまま毎日一割ずつ増えていけばいずれは破綻するだろう。

とはいえ、このゲームをプレイしている人々はまだそれほどには悲観していなかった。そのうちに有力プレイヤーたちがラスボスを倒すと思っているのだろう。だいたい一ヶ月もあればラスボスが倒されるのが通例とのことだった。

夜霧たちも、今のところはラスボスのことなど考えずに地道なクエスト活動を繰り返していた。

その間にわかったことがいくつかあった。

まずアティラだがクエストを受けて報酬をもらえることが判明した。モンスターとして受けたクエストがどうなっているのかは不明だが、冒険者ギルドのクエストで報酬がもらえるのならそれはどうでもいいことだろう。

他には、夜霧の力でモンスターを倒してもクエストの対象としてカウントされないこともわかっていた。

どうやら、何かがクエスト中の行動を監視しているようなのだが、夜霧の力で倒した場合は因果関係がわからないためか勝手に死んだと見做されるようなのだ。

部分的に殺した場合もカウントされなかったので、どうやらシステムは想定外のことが起こったモンスターはエラーとして対象外にしているらしい。

システムはただモンスターの死亡状況だけではなく、誰が倒したか、その過程で誰が貢献したかを細かくチェックしているのだ。

けっきょく、討伐クエストではまともに戦わないと報酬をもらえない。つまり、楽はできないということだ。

「でも、高遠くんはずるいよね。これがゲームなら何が面白いんだと思うところだよね」

豚人間、いわゆるオークが斧《おの》を振り下ろす。知千佳はそれを左前腕部で受け流しながらオークの顎を真下から蹴りぬいた。

オークの顎がひしゃげ、不揃いの歯がこぼれ落ちる。蹴りの衝撃は脳にまで到達しているのだろう。オークはその場に崩れ落ちて動かなくなった。

「でも命がかかってるからなぁ」

夜霧のほうへとやってきた二体のオークのうち一体が突然倒れた。

オークは剣で攻撃しようとしていて、夜霧が避け切れなかったためだ。

仲間が突然倒れたことに驚いてもう一体の動きが鈍る。夜霧はショートソードでオークの首筋を切り裂いた。だが致命傷にまでは至っていない。オークが反撃しようとしたところで、知千佳の投げたナイフがオークの頭部に突き刺さった。

他にもいたオークたちは、アティラとエーデルガルトがあっさりと処理している。

犬のダイは戦いに参加していないが、近くをうろついていた。

ここは柱だけが残された遺跡で、夜霧たちはオーク十体討伐クエストをやっているのだ。

「しかし……路地裏でチンピラを殺していたのはやはり貴様だったではないか。急に倒れたなどと言いおって」

エーデルガルトが不満そうに言った。彼女にも、夜霧の力のことは伝えてあった。

最初は信じていなかったが、何度も敵が勝手に死ぬ場面を見せられては信じざるを得なかったようで、今ではそういうものだと受け入れていた。

だが、パート1での出来事を思い返すと文句の一つも言いたくなったのだろう。

「本当のことを言ったって信じてくれなかっただろ？」

夜霧は力を使わずに戦って、自動反撃に任せているのだ。

殺意が事前にわかるので避けられるなら避けるし、防御できそうならする。それで負けそうになれば相手が勝手に死ぬ。

そんな安全な状況で夜霧は戦っているのだった。

一太刀でも浴びせておけばそれなりに貢献したと見做されるようなので、このオーク一体の討伐報酬100DPのうち20DPほどは夜霧に報酬として与えられるのだ。

『こんなぬるい環境で戦ったところで修行になどならんと思っておったが……地道にうまくなってるのよなぁ……』

もこもこが解せぬという様子で言う。

夜霧は敵の攻撃をまったく恐れていないので思い切りがいいのだ。恐れていないので敵が何をしてこようと形を正確になぞることができる。つまり練習の成果を十分に発揮できるのだった。

「このゲームだと俺でも強くなれる可能性があるし、やりがいはあるね」

この地底クエストというゲームは、装備が特に重要だった。

プレイヤーの強さのうちで装備が占める割合がかなり大きいのだ。

装備を使いこなす技量は必要となるが、ここでならギフトを持っていない夜霧でも他のプレイヤーに比肩する強さを得られるかもしれなかった。

「高遠くんはあんまり倒せてないけど大丈夫なの？」

「今のところはね。数をこなせばどうにかなるし。足りないなら卵運びをやればいいよ。あれなら採集系でも報酬が多めだしね」

「あれもずるいよね……」

卵の運搬クエストがあるのだが、これは卵をゲートまで持っていけば報酬をもらえるというものだ。

当然、卵を運んでいると親という設定のモンスターが奪い返しにやってくるのだが、それは夜霧の力で殺しても問題なかった。このクエストでは親モンスターにＤＰ報酬は設定されていないからだ。

「これで十体だな」

それぞれで倒したオークを確認し、持っていた武具を回収する。

モンスターの武具はそのまま使ってもいいし装備の強化にも利用できるので、できるだけ拾い集めるのがセオリーだ。

夜霧たちのパーティにはアイテムボックスが使える知千佳がいるので、とりあえず何でも回収して後で厳選できるのが便利だった。

「じゃあ帰ろうか」

クエスト目標は達成したので夜霧は帰還を提案した。

「遺跡なら強化素材があるかもしれないし、ちょっと探してみない？」

だが知千佳はついでの素材採集を持ちかけてきた。

始めたころは何もわかっていなかったが、注意深く見てみればそこら中に武具の強化に使える素材が落ちているのだ。

「あまり余計なことをするべきではないと思うがな」

エーデルガルトは苦言を呈する。

フィールドには、クエスト目標のモンスター以外にも強力な個体がいることがある。目標を達成したのなら、速やかに帰るのもクエストのセオリーだった。

「わん」

ダイは素材などの特徴的な物を探してくるのが得意だった。役に立てると思っているのか、どこかうれしそうにしている。

「さて。余計なことをするまでもなく、何か来たようじゃ」

夜霧は、アティラの視線の先を見た。

そちらは遺跡の入り口側だ。

原形を留めないほどに崩壊している遺跡だが、それでも門らしきものは残っている。壁も天井も壊れているのでどこからでも出られるのだが、なんとなくそこが出入り口だと認識してしまうのだ。

やってきたのは四人の冒険者だった。

『一人だけが突出しておるな。まあ雰囲気だけでわかったものでもないが』

先頭の男のことだろう。大柄な体軀をしていて金属製の鎧を身につけて軽々と歩いている。男は、正面から見てもわかるほどの巨大な大剣を背負っていた。

確かに見た目だけでも強そうだと夜霧は思った。

「ふん。鎖で繋いで人を連れ回すなど、ろくな奴ではないことが一目でわかるな」

背後にいる二人の男は先頭の男の仲間なのだろう。卑屈な笑みを浮かべていて、いかにも腰巾着という様子だ。

もう一人は尖った耳をしているエルフの少女で、首輪を付けられていた。首輪には鎖が付けられていて先頭の男がその先を持っているのだ。

「あ！　ギルドで会った子だ！」

夜霧も思い出した。

ヴァンが連れてきた、賢者の石を埋め込まれた六人のうちの一人だ。

「よぉ。俺はヴォルフってんだが……知っててくれると話が早いんだがね」

ヴォルフと名乗った男は、夜霧たちから数歩の距離で立ち止まった。

「知らないけど、あんまりいい話じゃなさそうだね」

夜霧が代表して話すことになった。

いつの間にか、このパーティのリーダーは夜霧ということになっているようだからだ。

「単刀直入に言おう。その犬をよこしな。あとついでに女もよこせ」

「わかりやすい感じの悪党が出てきたな！」

知千佳が思わず叫んでいた。

18話　我こそが戦場の支配者！　その力をとくと目に焼き付けるがよいわぁ！

「犬ってことは目的は賢者の石か」

ヴォルフが鎖で繋いで引き連れているエルフの少女には賢者の石が埋め込まれているはずだった。

ヴァンは七つの賢者の石を六人の人間と一匹の犬に埋め込んだのだ。

「ほぉ？　お前らごとき初心者がよく知ってるな。てことはやはりお前らがギルドマスターに呼ばれたって連中か」

そう言ってヴォルフは後ろ蹴りを繰り出し、背後にいたエルフに喰らわせた。

エルフは吹き飛んだが、鎖があるため一定以上は離れていかない。当然のように首は嫌な音を立ててへし折れた。

瀕死になったエルフにヴォルフはポーションを投げつける。それは高級品だったのか、エルフはすぐに息を吹き返した。

知千佳は突然の意味不明な行動に呆気に取られた。まるで意味がわからなかったのだ。

「おい糞エルフ。てめぇ、こいつらのこと知ってたんだろ？　俺は全部喋れっつったよな？」

「ご、ごめんなさい！　ごめんなさい！　許してください！」

ヴォルフは鎖を引っ張り上げて、エルフを宙吊りにする。エルフは必死に首輪を掴み、身体を支えようとした。

「知ってたのか？　って訊いてんだよ」

「すみません！　すみません！　よく覚えていませんでした！　いきなりあんなところに連れていかれて！　あの時のことはよくわからないんです！」

「ちっ。まあいい。今の俺は寛大だからよぉ」

ヴォルフは鎖を緩めて、エルフを落とした。

「さて。話の続きだ。賢者の石はラスボスを倒すのに必要なんだが、お前らなんぞに必要はねぇだろ。俺に渡して後は任せりゃいい。なんたって俺はラスボス討伐者だからな。お前らにとっては何も悪い話じゃねぇはずだ」

「いやいやいや、ついでに女をよこせとかってどういうこと!?」

賢者の石を求めるのはわかるが、ついでの話はまったく関係ないだろうと知千佳は思ったのだ。

「あぁ？　それぐらいそっちから気を利かせろよ。俺が英気を養うってことがラスボス退治につながるんだろうが。お前ら糞雌はそうやって貢献する以外に何ができるってんだ？」

「あかん。こいつも異次元の思考の持ち主だった」

知千佳は呆れた。

ヴォルフは煽っているわけではなく、本気でそう思っているようだ。

「なあ。あんたの持ってる石はその子のだけか？」

少しむかついた様子で夜霧が訊いた。

「俺が持ってるのは二つだ。ジジイは連れていくだけ辛気くせぇし、殺して石だけ取り出したが」

ヴォルフは素直に答えた。

どうやら今のところは話をするつもりのようだ。

「じゃあこっちにあるのと合わせて三つか。他はどうなってるの？」

「二つ持ってるパーティが一つと、一つずつ持ってるのが二パーティだな。そいつらとはレイドを組んでラスボスを倒すことになるが、貢献度は討伐後の利権にかかわるから、石を三つ確保してればまずは安泰ってところだ」

「あ？」

「そうか。じゃあ比較的簡単に集められそうかな？」

「俺が持ってる石は渡せないよ。逆にそっちの石をくれよ」

「笑えねぇな」

「笑わせようとは思ってないからな」

とても交渉とは言えないような話し合いが決裂した。

先に動いたのは、アティラだった。

唐突に掌から電撃を放ったのだ。

「いきなりだね!?」

「こんなものは先手必勝じゃ！」

ヴォルフは大剣を振り下ろしていた。

理屈はさっぱりわからないが、背中の大剣を抜いて電撃を切り裂いたのだ。

切り裂かれた電撃は左右に分かれて散っていった。

続いて、エーデルガルトが空から降ってきた。アティラの攻撃に合わせて宙に飛んでいたのだ。

奇襲としては完璧に近いタイミングだろう。

振り下ろし切った体勢からではすぐに動けない。避けるにしろ、迎撃するにしろ、一瞬の間が発生する。

だが、エーデルガルトの槍は、ヴォルフに届かなかった。

突き下ろした槍の先には、盾があったのだ。

盾に弾かれて、エーデルガルトは吹き飛んだ。どうにか空中で体勢を整えて着地はできたものの動揺は隠せていなかった。まさか突然盾が現れるとは思っていなかったのだろう。

ヴォルフは盾を持っているわけではない。盾がヴォルフの頭上に浮いているのだ。

「エーデルガルトさんのタメジャンプ攻撃って本当にあったんだ」

「気にすんのそれ!?」

夜霧は、アティラに対する強がりで言っていると思っていたようだ。

「思い切りはよかったがその程度じゃな。今なら女は許してやってもいいぞ?」

盾だけではない。いつの間にか、剣や槍や斧がヴォルフの周囲に浮いていた。

それも数種類どころの話ではない。十重二十重《とえはたえ》と、数え切れないほどの武具がヴォルフを取り囲んでいるのだ。

「俺のクラスはウェポンマスター。いくらでも武具を装備でき、武具の潜在能力を全て引き出せるって能力だ」

わざわざそんな説明をするのは、知千佳たちの心を折るためであり、女性陣を無傷で手に入れるためなのだろう。

事実、アティラとエーデルガルトは明らかに気圧《けお》されていた。

『武具の性能が全てと言っていいこのゲームで多重に武具を装備できるとなればチートもいいところなんじゃが……』

「まあこれまでの敵とそんなに違うわけでもないしな」

しかし、夜霧からすれば特に脅威を感じる相手でもないのだろう。

そもそもの話、知千佳は夜霧が敵を恐れている姿を見たことがなかった。

「壇ノ浦さん。あいつもアイテムボックスを持ってるとして、殺したら取り出せないのかな?」

「うん。私のアイテムボックスの仕様から考えると、出し入れできるのはギフトの持ち主だけだし」


つまり、単純に夜霧の力で殺してしまうわけにはいかなかった。

その場合、賢者の石を入手できなくなるかもしれないのだ。

「ということで！　ここはちょっと私に任せてみない？」

知千佳は自信たっぷりに言い放った。

「大丈夫なの？」

「駄目そうなら高遠くんが倒しちゃっていいからさ」

『この何というか、安全マージン取りまくりの戦いはどうにかならんものかと思うのだが』

「じゃあ任せるよ」

夜霧が了解したので、知千佳は夜霧の前に出てヴォルフと対峙した。

「何のつもりだてめぇ」

「私もギフトは持ってるんだよ。もこもこさん！」

『おう！』

知千佳がもこもこに呼びかける。

すると、もこもこが知千佳とヴォルフの間に瞬時に移動した。

「何だあれは!?」

「何じゃ!?」

どうやら、エーデルガルトとアティラにもこもこの姿が見えているようだ。

そのもこもこだが、普段とは様子が異なっていた。

いつもは平安時代のイメージなのか狩衣《かりぎぬ》のような服装だが、今は日本神話の神でもイメージしているのか衣裳《きぬも》姿になっているのだ。

「もこもこさんが殴りかかる能力みたいなの？」

「違うぞ。全然違うぞ」

夜霧の疑問にもこもこが答える。その声はいつものように心に響くものではなく、実際に聞こえているようだった。

「それがどうかしたのか？　デブが一人増えただけだろうが」

ヴォルフが嘲るように言った。

事実、ただもこもこが出てきただけであればたいした違いはないだろう。

どれほどもこもこが強かろうが、無数の武具を前にしては太刀打ちできないはずだ。

「心配しないで。このデブは見てるだけだから」

「お主までどさくさまぎれに何を言うておる！」

「私が怖いってのなら見逃してあげてもいいけど？　あ、その場合は賢者の石は置いていってね？」

「いるんだよなぁ。こーゆー何も見えてねぇ馬鹿がたまによ。いいぜ、てめぇの身のほどってやつを思い知らせてやる」

知千佳の安い挑発にヴォルフは応えた。

「ふっ！　その言葉！　宣戦布告と判断する！　我こそが戦場の支配者！　その力をとくと目に焼き付けるがよいわぁ！」

言質《げんち》を取ったとばかりにもこもこが叫ぶ。

すると、周囲にいた人々が押しのけられていった。夜霧たちも、ヴォルフの仲間たちもずるずると後退っていったのだ。

「これは……」

夜霧が前に手を伸ばす。だが一定の距離からは手が先に進まなかった。そこに見えない壁があるのだ。

「これがバトルフィールド。一対一で戦うための空間であり他の者は手出しできなくなるのだ。そして！」

もこもこが手を天にかざした。

掲げた両手の間から光が迸り、一帯を駆け抜ける。光に晒されたヴォルフの武具は、次々と地面に落下していった。

「この空間では能力の類は禁止だ！　ギフトも使えなければ、武具が持つ特殊能力も使えなくなるのだ！　お主のその立派な鎧もここではただの鉄の塊よ！」

戦場の支配者は、知千佳がこの世界でどうにか活躍するためにもこもこが調整して作り出したギフトだった。

もちろんこんな便利な力が無条件に使えるわけではなく、いくつかの制限がある。

相手が戦いを了解した場合に発動できる。一対一になり決着がつくまでバトルフィールドから出られなくなるなどだ。

「だからどうした？　てめぇも力が使えねぇんだろうが。それならただ実力と装備がものをいうだけだ」

確かに、ヴォルフには超重量級の大剣を振り回せる膂力《りょりょく》と、重い金属鎧を身につけたままでも軽々と動ける体力がある。それらは特殊能力に頼ったものではないのだろう。

その力があればたいていの敵は、能力などなくともねじ伏せることができるはずだ。

だが、その程度は壇ノ浦流の敵ではない。

次の瞬間、知千佳の横蹴りがヴォルフの腹に炸裂していた。巨大な大剣の間合いの外から、ヴォルフが反応できない速度で一気に詰め寄り喰らわせたのだ。

壇ノ浦流皆伝技、箭歩《せんぽ》業濫《ごうらん》。

ただ凄まじい速度で駆け寄って蹴るだけの技といえばそうだが、そこには太古から伝わる様々な武術の要諦が詰まっていた。

その動きは意識の隙間を掻《か》い潜《くぐ》る。見えないし、避けられない。

鎧を身につけていようと、その衝撃は内部へと浸透する。防具越しに衝撃を伝えるのは、壇ノ浦流にとっては基礎であり初伝の技だった。

ヴォルフは膝をつき、前のめりに倒れた。

「勝負ありだ！」

もこもこが宣言すると、バトルフィールドが消滅した。

「なんかすごかったけど……こいつどうするの？」

今は気絶しているが、目を覚ませば能力は復活する。拘束したところでギフトが相手では何の意味もない。夜霧はそのように思ったのだろう。

だが、そのあたりはこのギフトを設計する時点で考慮されていた。

「大丈夫。戦場の支配者のバトルフィールドで勝つと、相手を捕虜にできるんだよ。永続的に能力を封印して、従わせることができるんだ」

気絶するか、負けを認めると敗者となり、捕虜になる。

そうなれば、生殺与奪権を勝者に握られてしまうのだ。

「それは……負けた場合が怖いな」

確かに負けた場合は自分も同じ目に合うのだが、能力の代償としては仕方がないことだろう。

この程度のリスクで相手を好きにできるのなら破格の条件だと知千佳は思っていた。

「まさか……」

「ヴォルフが負けるだと……」

ヴォルフの仲間が逃げ出そうとしたところで、アティラが電撃を放った。男たちは、あっさりと感電して動かなくなった。

「こやつらはさほど強くもなさそうじゃな」

「あ、あの！　私はどうしたら……」

エルフの少女は、何がなんだかわからないという顔になっていた。

「で、もしかしてこのエルフの女の子もハーレム入りなの？」

まさか賢者の石をこの場で取り出すわけにもいかないだろうし、この流れからするとどうもそうなるようだった。

＊＊＊＊＊

ヴォルフから賢者の石を譲り受け、エルフの少女を連れて夜霧たちはクエストゲートへと戻ってきた。

「これでもともと持ってた石と合わせて十個だね。これだけあればもういいんじゃないかって気もするんだけど」

知千佳のアイテムボックスに八個。犬のダイと、エルフの少女に入ったままになっているのが二個という状況だ。

残りの四個についてもヴォルフから持ち主についての情報を得ていた。

現在の持ち主は全員が有名プレイヤーらしいので、探すのにそれほど苦労しないだろう。賢者の石をどう集めればいいのか具体的な方法は考えていなかったのだが、これで道筋ははっきりとした。交渉で済むのか、戦うことになるのかはわからないが、在処《ありか》がわかっているなら最終的にはどうにでもなりそうだ。

「でも、それはそれとして、ここから出るのにラスボス倒したりとかもいるみたいだけど」

「なんか楽しんでるよね、高遠くん」

「そうかな。モンスターとはいえ、斬り殺したりするのはさすがに慣れないけど」

とは言いつつも、装備を強化したりすることに少しばかり楽しみを見いだしつつある夜霧だった。

「さてと。じゃあ帰るとしますか。えーとエルフの人はここから連れて帰っていいんだっけ？」

「やってきたところから帰れとも言いにくいよな」

ヴォルフたちは遺跡に放置してきた。もしかすれば帰りのゲートで鉢合わせするかもしれないし、そうなるとお互いに気まずいだろう。

「あの……けっきょく、私は助けてもらえたんですよね？」

ようやく落ち着いてきたのか、エルフが訊いてきた。

「助けたといえばそうかもしれないけど……」

助けたつもりがそれほどなかった夜霧は言葉尻を濁した。あくまで石が目的でしかなかったのだ。

「そういえば名前は？」

知千佳が訊いた。

「はい、サクットといいます」

「なんか聞いたことあるような名前だね」

エルフの森で出会ったエルフはフワットと名乗っていたことを夜霧は思い出した。エルフはそんな感じの名前なのかもしれない。

「犬は連れて歩いていいかもしれないけど、エルフの人を石が目的だけで連れ歩くのもどうなんだろ？」

「俺も無理に連れていくつもりはないんだけど」

「いえ、一緒に行かせてください！　じゃないとまた変な人たちが来ると思うんです！　あなたたちは比較的ましですから！」

「う、うん。もうちょっとオブラートに包んだ物言いのほうがいいと思うけどね！」

「じゃあ帰ろうか」

夜霧たちは揃ってゲートをくぐった。

いつものように一瞬にして冒険者ギルドへと戻ってくる。最初に目に入ったのは一面が真っ赤になった酒場だった。

「はい？」

知千佳が呆けたような声を出した。

酒場は荒れに荒れていた。

テーブルや椅子は砕け、肉片がばらまかれ、血がぶちまけられていたのだ。

「何があったんだ？」

疑問はすぐに氷解した。

なぜなら、冒険者ギルドの中にはゴブリンやオークやトロールといった、これまでのクエストで出会ったことのあるモンスターが群れ集まっていたからだ。

それらのモンスターは弄ぶように人間を叩《たた》き潰し、引きちぎり、切り裂き、喰らっていた。

それはさながら地獄絵図であり、吐き気をもよおすような光景が夜霧たちの目の前に広がっていたのだ。

「なぜモンスターが冒険者ギルドに……」

エーデルガルトが呆然とつぶやく。

「もしかして……儂のせいだったり……」

「……いや、別にアティラのせいってわけじゃ……」

だが、アティラのようなドラゴンがゲートを通って冒険者ギルドに来ることができたのだ。

他のモンスターでも同じ方法でやってくることはできるだろう。

あまりの惨劇の様子に固まっていると、モンスターたちが一斉に夜霧たちを見た。

それはまるで、新鮮な獲物がやってきたと言わんばかりの態度だ。

「死ね」

夜霧がつぶやくと、飛びかかってこようとしたモンスターたちが一斉に倒れた。

「これ、どうしたもんだろうね……」

「ねぇ。どうしようねぇ……」

夜霧も知千佳も、すぐに答えを出すことはできなかった。

19話　幕間　拍子抜けだね。それとも何か企んでるのかな？

聖者の里は、聖王、剣聖、拳聖、聖女などを輩出するための組織であり、枢軸教会の裏側でもあった。つまり表だっては活動していない、信者たちもその存在を知らない影の組織だ。

枢軸教会はこの世界で最大規模の宗教組織だが、その創設には聖者の里が関わっている。

そして聖者の里が成立する過程では、降龍が暗躍していた。つまり枢軸教会とは、彼の思惑によって作られた組織なのだ。

この世界には、マルナリルナを崇めるマルナリルナ教がある。マルナリルナはこの世界を管理する神であり、普通なら他の宗教が成立する余地はないだろう。

そこで降龍はマルナリルナ教とは対立しない形で、精神修養と互助を目的とした組織として枢軸教会を構築していったのだ。

最終的に、枢軸教会がこの世界において最大勢力を誇るまでになったのは、所属することによる実利が大きかったためだろう。マルナリルナはいい加減な神なので、崇めたところでさして御利益もなく、組織としてもまとまりがなかったのだ。

もっともマルナリルナが本気で弾圧したなら、枢軸教会などひとたまりもなかっただろう。つまり、マルナリルナは人間のことなどどうでもよく、崇め奉られようとも思っていなかったのだ。

そのことを端的に表しているのが、魔神アルマガルマの一件だろう。アルマガルマは、一度人類を滅ぼしているのだが、その際にマルナリルナは特に何もしなかった。滅びるに任せていたのだ。

けっきょく、この件は大賢者が介入することで事なきを得た。世界をやり直し、聖王に魔神への対応方法を伝授したのだ。

そのため、この世界には大賢者により世界は救われたが具体的に何をしたのかはわからないという曖昧な伝承が残っており、実際に対応を行った枢軸教会は人々の支持を得てその勢力を拡大することになった。

賢者と降龍のいきさつを知る者であれば不思議に思うかもしれないが、賢者側は枢軸教会と降龍の関係など知らなかった可能性が高いし、知っていたとしてもわだかまりはなかったのだろう。加害者は諍《いさか》いがあったことすら忘れ、被害者だけがいつまでも覚えているなど、どこにでもある話だ。

マルナリルナの怠慢と、人類を悪の手から救ったことにより枢軸教会は世界中に広まったのだが、それは降龍にとっても望むべきものだった。

枢軸教会を利用してマルナリルナを滅ぼし、主神の地位を取り戻す。降龍はいくつもの計画を考えていたが、そんな計画とはまったく関係なく、降って湧いたように好機は突然訪れた。

リルナが死に、降龍の封印が解け、マルナが神の座へとやってきたのだ。神の座は降龍がある程度の力を振るえる場所であり、十分に勝機がある。偶然訪れていた神殺しの協力を得られたことも幸いして、降龍は神としての力を取り戻すことができた。

けれど、巻き戻った後の現時点では事情が異なった。

今のマルナが神の座を訪れることはおそらくないだろう。マルナにも巻き戻る前の記憶があるのだから同じ轍《てつ》は踏まないはずだ。

そこで降龍は、元々用意していた計画を実行しようと考えた。

各地の聖者の里に用意した祭壇を複数連ねて巨大な陣を作りあげ、中心に聖域を顕現させる。それによりマルナの力を抑え込み、降龍の力を増幅させて討つという計画だ。

この計画で一番の問題となるのは、肝心のマルナがどこにいるかだった。

マルナリルナは気まぐれであり、ころころと所在を変えていた。降龍の進めていた計画では儀式に数日を要するので、計画を成功させるにはマルナリルナの居場所を確実に摑んでおかなければならなかったのだ。

そこで降龍は、マルナが現れそうな場所を全て網羅して祭壇を配置しておくという力技による解決方法を試みていた。

膨大な手間がかかるこの計画だが、降龍には時間だけはあった。今すぐにどうにかできるとは思わず、長期的なプランの一つとして地道に祭壇の設置を進めていたのだ。

今さら焦る必要はない。もっとしっかりと準備を進めてから満を持して決行すればいい。そういう考えもあるだろうが、降龍はできるだけ早く決行するべきだと思っていた。

今なら高遠夜霧がいるからだ。彼らは賢者の石を集めて元の世界に帰ろうとしていた。世界が巻き戻った今、前回の経験があれば再び賢者の石を集めるのは簡単なことだろう。

だから急ぐ必要がある。

ゆっくり準備をしたところで降龍の思惑通りに全てが成功する可能性は著しく低い。

だが、高遠夜霧を利用すれば様々な問題が一挙に片付く可能性が高いのだ。この機会を逃したなら、高遠夜霧は二度とこの世界にやってこないだろう。これは千載一遇の好機なのだ。多少無理があろうと、ここで強引に押し通すしかないと降龍は心に決めていた。

＊＊＊＊＊

次元の狭間。世界の裏側ともいうべき、人の手の及ばない領域。

そこにこぢんまりとした大地が浮いていた。

ちょっとした庭と小さな家が乗る程度の場所であり、マルナリルナの拠点の一つだ。

拠点はそれぞれで趣向が異なるが、ここは可愛らしさを前面に押し出しているようだった。これまでの滞在時間の傾向から判断すれば、彼女らのお気に入りの場所なのだろう。

マルナがしばらく前からそこに居続けていることを降龍は把握していた。

もっとも彼女は気配を隠す気もないようなので、所在の把握だけならそれほど難しいことではなかった。問題はいつまでそこにいるかなのだ。

降龍の支配領域を一時的に作り出す聖域だが、儀式には数日を要する。一度始めてしまえば止めることはできず、開始後にマルナが移動してしまっただけで全てが水泡に帰してしまう。念のために知りうる限りの拠点を全て対象とはしているが、想定外の場所に移動されてしまえばそれまでだ。だが、それでも降龍は強行した。格下の降龍には、彼女をどこかに留めておく方法などありはしなかったのだ。

儀式はすでに始まっていて、すでに最終段階に入っている。

降龍は、マルナリルナの拠点上空で、儀式の終わりを待ち続けていた。

周囲には、いくつもの武器と、その使い手が浮いている。

武器は世界中を巡って集めてきたもので、嘘か真か神殺しの逸話を持っている物ばかりだった。使い手は、その逸話から再現した複製で、効果があるかは定かではないが、これが今の降龍が用意できた最大戦力だ。

これで倒せないなら現時点ではどうあがいても無理だろう。時間をかければさらに有力な手段を用意できるかもしれないが、この時点で倒せないなら高遠夜霧を利用することができない。今、倒せることに賭けるしかないのだ。

「さて。けっきょくどこにも行かなかったみたいだね。もしかしたら気付かれるかと思ったんだけど」

マルナはこの世界を管理する神だ。その気になれば世界中の情報を手にすることができる。当然、怪しいことをしている者に気付くこともできるだろう。

だが、マルナは今もそこにいて、動く気配はない。天使もいないようなので、警戒している様子もなかった。

儀式が完了し、周囲の領域が降龍の支配下となっても、マルナの様子に変わりはなかった。

「まあいいか。じゃあ行ってきてくれるかな？」

降龍は傍に浮いている人型の機械、針鼠《ヘツジホツグ》に呼びかけた。

針鼠《ヘツジホツグ》は自己修復機能により本来の姿を取り戻していた。以前の針鼠《ヘツジホツグ》は気まぐれで行動指針が曖昧だったらしいが、今の針鼠《ヘツジホツグ》はまともに機能しているようだった。少なくとも降龍との契約を理解してはいるようだ。

針鼠《ヘツジホツグ》が微かに頷《うなず》き、姿を消した。

同時に、眼下の建物が爆散し、小さな大地が砕け散った。おそらくは、単純に突っ込んだだけなのだろう。だが、初手の一撃でこんなことになるとは降龍はまるで思っていなかった。

「君、もしかして前より強くなってないか？」

ヴァハナトに負けそうになっていたぐらいだ。それほど期待はしていなかったのだが、これならマルナが相手でも善戦できるかもしれない。

だが、降龍がそう思った時には、すでに勝負は決していたようだった。

針鼠《ヘッジホッグ》が戻ってきて、その手にはマルナの小さな身体が摑まれていたのだ。

マルナは全身を切り刻まれていて、胸には大きな穴が空いていた。そこから見える神核が確実に壊れているのは、誰の目にも明らかだろう。つまり、あっけなく勝ててしまったのだ。

「拍子抜けだね。それとも何か企んでるのかな?」

「……またあんたなの……」

その言葉には力がない。死にかけているのだから当然とも言えるが、そこには恨みも憎しみもあるようには見えなかった。

「……やっぱり、リルナはいないのよ……。巻き戻ったのなら帰ってくると思ったのに……」

そこにあるのは落胆と諦観だった。

この拠点からまったく動かなかった彼女だが、そこには何の思惑もなかったのだろう。ただ動く気力すらなかっただけなのだ。

そして、マルナは動かなくなった。針鼠《ヘッジホッグ》が手を離すと、マルナは崩れながら次元の狭間に散っていった。

「さてと。まずはうまくいったようだ。あぁ、君との契約は忘れてないから安心してよ」

針鼠《ヘッジホッグ》に見つめられている気がして、言い訳のように降龍は言った。

＊＊＊＊＊

マルナの死により、マルナリルルナが施していた全ての封印が解き放たれた。

当然、封じられていた賢者の石も解放され、神としての力を取り戻そうとする。

生き物の中にある賢者の石は周囲の生体が干渉するため復活できないのだが、取り出されている石は元の姿に戻ろうと変化を始めた。

今、生体外にある賢者の石は八個。それは全て壇ノ浦知千佳のアイテムボックスの中にあった。

封印が解かれた賢者の石は、強固な球体から肉の塊となり、融合し、人の姿へと変わっていく。

賢者の石は夜霧がルーと名付けた少女の姿になったのだが、それにはルーと決定的に異なる点があった。

それには、記憶を司る部分が含まれていたのだ。

つまり、自分がなぜこんなことになったのかを理解しているし、世界の巻き戻りによるルーとしての記憶の継承もあった。

時間とともに曖昧だった自我は明瞭になっていき、はっきりと己を取り戻していく。

「うわぁぁあああああ！」

全てを思い出し、それは絶叫した。内にあるどろどろとした暗闇を吐き尽くそうとしたが、いくら叫ぼうと収まるわけもなかった。

あまりにも強大な感情が内に渦巻いている。怒りが、悲しみが、敗北感が、挫折感が、恥辱が、渾然一体となりはち切れそうになっている。

その中にあって、一際《ひときわ》暗い輝きを放っている感情が嫉妬だった。

UEGと名乗った女と自分は封印されていた。つまり残ったあの女が勝者となり、今も彼の寵愛《ちょうあい》を一身に受けているのだ。

あの女を殺さねばならない。消滅させ、復活してくるのなら何度でも奈落へ突き落とさねばならない。

そうするには力を取り戻す必要があった。

そしてさらなる力も必要だ。

怒りと嫉妬に狂ってはいるが、闇雲に突撃しようとは思っていない。三体の女神による乱戦ではあったが、万全の状態だった自分が敗北を喫しているのだ。確実に勝てるほどの力を集める必要があった。

まずは残りの身体を取り戻す。

そう思ったのだが、すぐ近くにある二つの石を取り出すことには躊躇を覚えた。石は心臓と一体化している。単純に取り出せば犬と少女は死ぬだろう。

そうすればパパが悲しむし、私も悲しい。

そんな感情が脳裏をよぎったのだ。

それは、二つの石を後回しにすることにした。

いずれルーとしての記憶は本体と統合され、夜霧への思慕は些細なことになり果てる。悲しもうが死のうがどうでもいいと思えるようになることだろう。

それからでも遅くはない。

そう思ったそれは、分かたれた身体を求めてこの場から消え去った。

即死チートが最強すぎて、異世界のやつらがまるで相手にならないんですが。

番外編
―書き下ろし―

弟子

三月末日。知千佳が中学校卒業後の春休みを怠惰に満喫していたころのことだ。

昼食を終えた知千佳は道場に向かっていた。

壇ノ浦家は結構な広さを持つ日本家屋であり、敷地内に弓道場と武道場がある。今向かっているのは母屋から渡り廊下で繋がっている武道場だった。昼食時に、祖父から後で来るようにと言われたのだ。

武道場は歴史ある建物のように見えるが、実際のところはごく最近建てられたものだった。中で使われている畳はいぐさを使ったものではなく、塩ビ製で中にクッションも入っているカラフルな柔道畳だ。

平安時代から続いている旧家になぜこんなものがと思われるかもしれないが、これは一般生徒に稽古をつけるためにわざわざ用意されたものだった。本来の壇ノ浦流の修行は外で、靴を履いて、地面の上で行うからだ。

武道場に着いたものの中には誰もいなかったので、知千佳は畳に座って待つことにした。

しばらく待っていると祖父がやってきた。

壇ノ浦道真《みちざね》、知千佳の父方の祖父であり、壇ノ浦流の現当主だ。当年とって八十八歳のはずなのだが、枯れた雰囲気がまるでない。さすがに顔は皺だらけなのだが、立ち居振る舞いだけを見ればとても老人とは思えなかった。

ちなみに、わざわざ道場に集まってはいるが二人とも道着を着ていたりはしない。道真はポロシャツにジーンズだし、知千佳はジャージの上下だ。

「いいけど、何でここに？」

壇ノ浦流は一般にも門戸を開いている。生徒を募集し、普及させようとしていたことはあるのだが、けっきょくほとんど生徒は集まらなかった。

今ではたまにやってきた道場破りをここに通すぐらいの使い道しかないのだ。

「久しぶりにここを使おうかと思ってな」

「ということは生徒さんが？」

「ああ」

「で、何で私が？」

「うーん。どこから説明するか。まあそんな複雑な話じゃない。要はその生徒が女の子なんだよ。俺らじゃ怖がるんじゃないかと思ってな」

「あぁ！」

「無茶苦茶納得されてるのが何か癪《しゃく》に障るんだが」

「いや、だって。家に呼んだ友達がそれからほぼ来なくなるのって、おじいちゃんとかお父さんとかお兄ちゃんのせいだし。うち、ヤクザだって噂になってんだから」

壇ノ浦家の男衆は強面《こわもて》だった。見るからに威圧感のある顔つきをしているのだ。

「おじいちゃんを見た友達、絶対何人か殺してるよね？　って訊いてきたんだけど」

「まぁ……殺してないとは言わんが」

「マジか!?」

初耳だった。だが、おそらくそうだろうとは思っていたので、知千佳は言葉ほどには驚いていなかった。

「言っとくが表に出るような話じゃないからな」

「まあその話は聞かなかったことにするとして、何だって今さら生徒なの？　諦めたんじゃなかった？」

壇ノ浦流は門外不出でもないし、一子相伝でもない。放っておけばそのうち廃れていく武術をどうにかして保存するのは現代に生きる武術家としての責務でもある。

故に生徒を募集して教えようとしたことはあるのだが、壇ノ浦流の武術は壇ノ浦の一族が持つ強《きょう》靱《じん》な肉体を前提としていた。つまり、そこらにいる一般人に習得できるような武術ではなかったのだ。

「うむ。古くからの知り合いの頼みでな……」

どことなく言いにくそうな雰囲気を知千佳は感じ取った。

「でも普通の子なわけでしょ？　おじいちゃんなら断ると思うんだけど」

「金を借りておってな。どうにも断りきれんかったわけだ」

「金を借りるって何で？　うち、そこまで困窮してたの？」

壇ノ浦家があるのは中核市であり、住みたい街ランキングで常に上位に位置する人気の高い地区だ。そこに広大な屋敷を持っているのだから、維持費もかなりの金額になる。それを払い続けているのだから当然のように資産家であるはずだった。

もっとも、知千佳は家が裕福だとは認識していない。贅沢な暮らしをしているわけでもないので、家がでかいだけの庶民の家庭だと思っているのだ。

「うちは大丈夫だ。だからって俺が金持ってるかは別の話だわな」

「家のことはおばあちゃんがやってるしね」

「簡単に言うとＦＸで溶かしたわけなんだが」

「あほかぁ！」

ＦＸは外国為替証拠金取引のことで投資の一種だが、下手な素人がやればほとんどギャンブルのようなものだった。

「そうは言うがな！　追証《おいしょう》で家の金に手はつけられんだろうが！」

「おばあちゃんに言ってくる！」

「頼むからやめてくれ！」

知千佳が立ち上がりかけると、道真が必死の形相で押しとどめた。

こんな話になるからこそ、わざわざ道場で話をしているのだと知千佳は悟った。滅多なことでは
ここに祖母や母はやってこないからだ。

「それ自体はなんとかなったんだよ！　で、そのかわりに孫に護身術を教えてくれってことになっ
たんだ」

「その場合、おじいちゃんが下手打っただけなのに、私が尻拭いすることになると思うんだけ
ど？」

知千佳は半目になって道真を見つめた。

「この埋め合わせはいずれ何かの形でする！　だから助けてくれ！」

「でもさ。教えろって言われても、私そんなにやってないんだけど」

壇ノ浦流の伝位は初伝、中伝、奥伝、皆伝とあり、知千佳は中伝までしか習得していない。それ
にあまり真面目にやっていたとも言いがたかった。

「中伝までいってりゃ体術の基礎はできてるから、護身術を教えるには問題ねぇよ」

「そういえば、弓術を名乗ってるのに、弓の技ってほとんど習ってないような……」

知千佳も弓を射ることができるが、それは一般的な弓道でしかなかった。壇ノ浦流弓術がただの

弓道なわけがないと知千佳はなんとなく思っていたのだ。

「皆伝の印可を受けるころには習ってるし、問題ねぇだろ」

「それってかなり後の話だよね？」

「お前が本気で稽古してくれりゃぁすぐの話ではあるんだがな」

「別に弓をやりたいってわけじゃないんだけど」

「ま、今は弓についてはおいとくとしてだ。お前なりのやり方でいいから護身術を教えてやってほしいんだよ」

「まぁ……仕方ないかなぁ……」

稽古に参加すれば道真がお小遣いをくれる。だからこそ知千佳は壇ノ浦流を修行していたのだが、そのお小遣いは道真の財布から出ていたものだ。つまり、道真の運用していた資産から出ていたわけで、多少は知千佳もその恩恵にあずかっていることになる。

それに、本当に困っている様子の祖父を放ってもおけなかった。

「でも、護身術ってうちで習う必要あるの？」

「気休め程度じゃなく、マジで使えるようにしろとのことだ」

「まぁ……それだと習えるところは限られるのかな？」

護身術と一言で言ってもその種類は様々だが、ほとんどは気休めにしかならない。逆に下手な自信を持つほうが危ない場合もあるだろう。

「で、私はいつから誰に教えればいいの？」

「極楽天《ごくらくてん》って家を知ってるか？」

「さあ？　なんかお気楽なイメージの名前だなぁ、ぐらいしか」

「世間一般的には知られてねぇのか。おそらく日本有数の金持ちで、世界でもかなりの上位に位置する資産家だ。そこの当主と俺は友達でな」

「なんか嘘くさい。何でそんな人がおじいちゃんの友達なわけ？」

「そいつのボディガードをやってたことがあるんだよ」

「てかさ、そんな金持ちならそれこそボディガードを雇えばいいんじゃ」

「もちろんボディガードはついてる。だが、本人が鬱陶しがってな。徒歩で小学校に通ってるわけなんだが、近くに来ないでくれとのことだそうだ」

「小学生なんだ」

「極楽天福良《ふくら》。４月から小学五年生だ」

「具体的な危険があったりするわけ？　何を想定すればいいの？」

「誘拐犯、変質者、通り魔、暗殺者なんかだな」

「いやー、暗殺者が出てきたら護身術じゃどうにもならないんじゃ……」

なりふり構わずに殺しにくれば防ぎようがない。遠距離からの狙撃、毒ガスの散布、爆発に巻き込むなど手段を問わなければやりようはいくらでもある。

それを防ぐには個人の武力だけではなく政治力が必要になるだろう。

「もちろん全てに完璧に対処できるようにしろとまでは言わねぇよ」

「うーん……どの程度やっていいわけ？」

小学五年生が相手となると何ができるのか。知千佳は教えられそうなことを一通り思い浮かべてみた。

「それは確認した。うちで預かる以上無傷じゃ済まねぇからな。治る程度の怪我なら問題ないって了解は取ってる」

「怖い人用意しなきゃいけないから、けっきょくおじいちゃんとかの出番もありそうだけど」

「それでも、知千佳の主導でやったほうがいいと思うんだがな」

それもそうかと知千佳は思った。ずっと怖い顔の人に教えられるよりは、たまに出てくるぐらいのほうがいくらかはましだろう。

「ま、その手の奴が必要ならこんなじじいよりも現役感のある、与志元《よしもと》を使ってくれ」

「お兄ちゃんまで勝手に巻き込んでいいわけ？」

「あいつはお前の頼みなら聞くだろ。ということで任せた！　明日から来るからな！」

言うだけ言って、道真はそそくさと出ていった。なし崩し的に押しつけてしまおうということらしい。

「教えろって言われてもなぁ……」

本格的に人に教えたことはなかったが、頼まれてしまった以上はどうにかしなければならない。

知千佳は指導プランの作成に頭を悩ませるのだった。

＊＊＊＊

翌日。知千佳が約束の時間に門まで出迎えにいくと、髪の長い少女が立っていた。

ワンピースを着ていて、背にはリュックを背負っている。知千佳から見て頭一つ分ほど小さいので小学生だろう。この少女が極楽天福良で間違いなさそうだ。

「こんにちは、師匠」

少女は、朗らかな笑顔とともに挨拶してきた。

「……あー……こりゃ誘拐の心配されますわぁ……」

知千佳は一目見て呆気に取られていた。福良は、これまでに見たことがないほどの美少女だったのだ。

「あの？」

少女が首を傾げる。そんな些細な動作一つでさえが愛らしかった。

「あ、ああ、ごめんね！　うっかり見とれちゃって！」

「大丈夫です。よくあることです」

どこか浮世離れした少女だった。ゆったりとした落ち着いた喋り方がそう思わせるのかもしれない。

「よくあるんだ」

「はい。私、可愛いらしいので」

一切謙遜していないのだが、それも納得できる容姿だった。下手に謙遜したところで嫌みにしか聞こえないだろう。

「私は、壇ノ浦知千佳。あなたに護身術を教えることになってるらしいんだけど、そういうことだよね？」

「はい。極楽天福良です。よろしくお願いします」

「よろしくね！　じゃあ道場に行こうか」

門から庭を通って武道場へ。少しばかり距離があるので、軽く話を聞いてみることにした。

「その。うちでやる修行って割ときつめなんだけど、それは聞いてる？」

「はい。骨の一本や二本は覚悟しておけとお爺様がおっしゃってました」

「いや……さすがにそこまではしない……と思う」

知千佳は断言できなかった。場合によってはそれよりもひどい目にあわせるかもしれないと思ってしまったからだ。

「福良ちゃんは、お爺様に言われたから来たの？」

「そうですが、私もやる気はあります。このごろは何かと物騒ですし」

「そういえば、壇ノ浦流弓術って聞かされて、あれ？　って思わなかった？」

「そうですね。護身術にしてはおかしいなとは思いましたけど、お爺様の推薦ですので」

「創始時には確かに弓がメインだったらしいんだけどね。今どき弓で戦うって言われても困るでしょ？　時代に合わせて変化してきて今では何でもありになっちゃったっていうか」

弓がメインだったのは、創始当初には最も有力な武器だったからだ。現在でも弓が有効な場面はあるだろうが、それはかなり限定された状況になるだろう。故に、今では弓術の修行は後回しにされていて、知千佳は基本的な取り扱いぐらいしか知らなかった。

「と、ここが道場ね。着替えは持ってきたかな？」

道場に到着し、中に入った。

「はい。学校の体操着でいいんですか？」

「うん。うちは道着とかないから」

そう言う知千佳はジャージ姿だった。稽古の時もそうだし、家でだらだらしている時もずっとジャージを着ているのだ。

「奥に更衣室があるから着替えてきて」

福良は素直に更衣室に向かった。

道場は冷暖房完備で更衣室にロッカーにトイレにシャワールームまである。誰も使わないのにな

んて無駄な設備だと知千佳は思っていたが、ようやく使い道ができたようだ。

しばらくすると、体操着に着替えた福良が戻ってきた。

「えーと。あらためて壇ノ浦流の壇ノ浦知千佳です。どう呼んでもらってもいいんだけど、さっき師匠って言ってた？」

「はい、師匠！」

知千佳と福良は道場の中央あたりで向かい合った。

福良はノリノリだったので、もうそれでいいやと知千佳は思った。

「さて。護身術ってどんなのだと思う？」

「はい。私も調べてみたのですが、危険な人物を打ち倒すのではなく、危険な状況にならないように心がけるのが大事だと書いてありました。夜に出歩かないとか、治安の悪い場所にはいかないとかです。そして、危険な人物に出会った場合もまずは逃げるようにとありました」

「うん。それは正しいし、大前提ね。でもどれだけ気を付けてたって危ない目にあうことはあるし、戦うしかない場合もある。そんな場合に役に立つことを教えようと思います」

「はい！　よろしくお願いします！」

「壇ノ浦流の技はかなりいろいろあるんだけど、福良ちゃんには三つのポイントに絞って教えようと思います。心構えと機動力と投擲です」

「あの。摑まれた時に振りほどいたりひねり上げたりするようなのはやらないんですか？」

護身術と聞いて、福良は合気道のような技を思い浮かべていたようだった。

「やらないです。摑まれたら負けだと思って。これから教えるのは全て、摑まれたり殴られたりしないようにするためのものだから」

「なるほど」

「では、まず心構えからね。入ってきて！」

知千佳は、道場の奥、母屋に繋がっている廊下側へ呼びかけた。

すぐに黒いスーツの男が現れた。大柄で分厚く、目つきの悪い男は、見るからに凶暴な雰囲気を纏っている。

男はずかずかと道場に入り込んできて、福良の前に立った。

「ごらぁ！　だあぼが！　どごでぎがでざんげど！　ぶぢごぞずぞぐぞあばがぁ！」

そして、鼓膜が破れるかと思うほどの怒声を発したのだ。

「ひぅ……」

福良の顔は恐怖に染まり、身体は硬直していた。失禁もしてしまったようで、自分で仕掛けておきながらも知千佳は罪悪感にかられてしまった。

「福良ちゃん、ごめんね。とりあえず着替えようか。お兄ちゃんは、雑巾持ってきて拭いといて」

福良に罵声を浴びせた男が、壇ノ浦与志元。壇ノ浦家の長男で、知千佳の兄だった。

「ともちゃん……こんなちっちゃな子にこんなことをして、俺、ものすごく心が痛むのだが……」

ごつくて強面の男が、縮こまるようになっていた。

「うーん。初っぱなのインパクトが大事かなと思ったんだけど……」

知千佳は福良をシャワールームに連れていき、知千佳が小学生のころに着ていた服を貸した。

着替えを終えた福良と一緒に戻ってくると、与志元は道場の掃除を終えていた。

「えーと、あらためて。福良ちゃんが体験したように、普通の女の子は暴力の気配に弱いです。大声で怒鳴られただけでパニックになったりするんです」

「はい……」

多少は落ち着いたようだが、福良は今にも泣きそうな顔のままだった。

「えーと……意味不明な言葉を叫ぶのも技の一種なんだよ。何を言ってるのか理解しようとして、考えちゃうだろ?」

訳のわからないことをほざく危険人物ではないと与志元は主張したいようだ。

「ということで心構えの練習はこんな感じのことをやります。こんなものは慣れです。この怖いお兄ちゃんは、大声で訳わかんないことを叫びますけど絶対に何もしてこないので安心してね」

危険人物と相対した際にパニックになってしまえば戦うどころか逃げることもできなくなる。故にまずは暴力的な人物に慣れてもらおうと知千佳は思ったのだが、どうやらやり過ぎてしまったようだった。

＊＊＊＊＊

翌日の昼過ぎ。壇ノ浦家の門にあるチャイムが鳴らされた。

「いやぁ……もしかしたら来ないかもなーとかと思ってたんだけど」

知千佳が門の前に行くと、福良が立っていた。

「私、負けず嫌いなんです」

「まあ来てくれて助かったんだけど」

稽古が中止となると祖父の借金がどうなるかわからない。知千佳はいきなりやり過ぎたことを後悔していたところだ。

「着替えもたくさん持ってきました！」

「張り切りどころがちょっと違うかな！」

知千佳は福良を道場に案内して着替えさせた。

「じゃあ、今日は機動力の稽古をします。といってもこの道場の中でやるのでそんなにたいしたことじゃないけどね。じゃあ端から端まで走ってみようか」

道場の長辺は十五メートルほどあるが、走るには短い距離だ。だが、最初のうちはこれで問題ないだろう。知千佳は、福良を見たまま後ろ向きに走りだした。

「え？」

「バック走をやります。後ろ向きに走ってね」

「は、はい！」

福良も慌てて後ろ向きに走りだして、すぐに転《こ》けた。知千佳は駆け寄って、福良を助け起こした。

「ここなら転けてもたいして痛くないでしょ。慣れたら外で全力でやるからね」

道場の畳にはクッションが入っている。転けたところでたいしたことはなかった。

「あの。これは何の意味が」

「私がいきなり後ろ向きに走ったからびっくりしたでしょ？」

「はい……え？　それが理由なんですか？」

「うん。けどこーゆーのが重要なの。いきなり思ってもいない行動をされると相手はとまどうから。ま、それだけじゃなくて、相手を目視しながら逃げられる。逃げながら物を投げて攻撃できるなんて理由もあるよ」

「なるほど……」

「ま、これは機動力訓練の第一歩ってところだね。横移動とか縦移動も練習するよ」

「縦、ですか？」

横はわかったようだが、縦のイメージが湧かなかったようだ。

「うん。こんな感じ」

知千佳は道場の壁に向かって駆けた。そのまま壁を駆け上がり、壁を蹴って天井の梁《はり》を掴んだ。

「ね？」

梁から手を放し、知千佳はふわりと着地した。

「あの……できる気がまるでしないのですけど……」

「大丈夫！　こういうのは慣れだから。慣れてくればなんてことなくできるようになるから。ま、でもまずはバック走ね」

「はい！」

とまどいつつも、福良は愚直にバック走をこなそうとするのだった。

＊＊＊＊＊

福良が稽古を開始してから一週間が経過した。

途中で逃げ出すと知千佳は思っていたが、彼女は毎日やってきて愚直に稽古をこなしている。

この一週間はバック走や障害物走を中心に体力作りを進め、与志元による恫喝《どうかつ》も合間に挟んでいた。

福良も与志元の凶相と大声には慣れてしまったのか、今ではすっかり恐れなくなっている。知千佳はそろそろ次の段階に進もうと考えていた。

「じゃあ今日からは投擲の練習をやっていこうと思います！」

いつものように知千佳と福良は道場で向かい合っていた。

「はい！」

福良が元気よく返事をする。初日こそあんなことになってしまったが、ここ最近では稽古を楽しめるようになっているようだ。

「これが投げる物です」

知千佳はたらいを持ってきた。中には石ころや、硬貨、テレビのリモコン、棒手裏剣、木刀、ぬいぐるみ、コンクリートブロック、鋏《はさみ》、コンパスと雑多な物が入っている。

「基本的にはそこらに落ちてる物とか、手に取りやすい物を投げます。普段持ち歩くなら五百円玉とかがいいですね。そこそこ重くて硬くて、何より持ってて咎《とが》められないし」

「あの。ぬいぐるみとか投げて意味あるんですか？」

「あるよ。顔に投げたら反射的に避けようとするから時間を稼げるし、そっと投げたら相手も受け止めようとするかもしれないし、足下に投げたら踏んづけて転けるかもしれないし」

「なるほど」

「で、こういう木刀とかがそこらに落ちてたら、これで殴りたくなるかもしれないけど、それは絶対にやめてね。物で殴っても、ちゃんと訓練してないと持ってる手にダメージがあるから。福良ちゃんに武術を教えるにあたって、近接攻撃は完全に捨ててます。チャンスがあっても直接殴るのは絶対にやめてね」

「つまり、拾った物は何でも投げろということですね」

「うん。形状によって投げ方はいろいろあるのでそれは追々教えるとして、まずは人めがけて物を投げる心構えを養成していきます。ということであちらをごらんください。あれが投げる先のターゲット、あたるくんとささるちゃんです」

道場の端にビジネスマンらしきスーツ姿の男性と、買い物帰りの主婦らしき女性が立っていた。

「え？　あれって……」

「大丈夫。すごくリアルに作ってあるけど人形だから」

そう言って、知千佳はリモコンをスーツの男に投げつけた。

「ぎゃあぁああ！」

男の人形から悲痛な叫び声が聞こえてきた。

「とまあ、こんな感じです。呼吸を再現していて、微妙に動いてリアル感を出してるよ」

人形の足下からは電源ケーブルが伸びていて、壁のコンセントに差さっていた。

「えーっと……あれに向かって投げるんですか？」

「うん。あれで慣れとけば、本物の人間にだって投げられるようになるから」

「あの……こんな物を投げて刺さったら大怪我をするのでは……」

福良は、たらいから棒手裏剣を取り出した。先の尖っている棒だが、ほどほどの重さがあるので投げれば深く刺さるだろうし、当たり所によっては命に関わるだろう。

「うん。でも大丈夫！　小学生を襲おうなんて奴は殺してもいいから！」

知千佳は迷うことなく断言した。

「え!?」

「身を守るためなんだから躊躇しないこと！　下手に手加減して福楽ちゃんが殺されたり攫《さら》われたりしたら意味ないからね。とにかく攻撃する時は殺すつもりでやってね。法律的には過剰防衛になっちゃうと思うけど、福良ちゃんは小学生だし、おうちもお金持ちだから、優秀な弁護士を雇ったり、警察に圧力をかけたりしてどうにでもしてくれると思うよ」

無傷で制圧できるならそうするべきだろう。だが、それには圧倒的な実力差が必要になる。稽古を続けていればその境地に達するかもしれないが、それはかなり先の話だ。現時点では、最初から殺すつもりで戦えと教えるしかないと知千佳は思っていた。

「ということでさっそくやってみよう！　最初は二メートルぐらいの距離かな。とりあえず目を狙ってね」

「はい！」

福良が人形の前に行き石ころを投げつける。それは狙い過たず、眼球に直撃した。

「目が、目がぁ～！」

人形が無表情なままで叫び声を上げた。

「お！　うまいね！　目に当たるとあんな風に叫ぶよ」

「あの。すごく嫌な感じなんですけど……」

「大丈夫！　慣れればなんてことなくなるから！」

「は、はい！」

とりあえず、何でも慣れれば大丈夫ということで押し通そうとする知千佳だった。

＊＊＊＊

福良が稽古を開始してから一ヶ月が経過した。

春休みが終わり学校が始まったので今では夕方以降に稽古をしているのだが、それでも福良は休まずに毎日壇ノ浦家にやってきている。

「おじいちゃん、あれから借金はどうなったの？」

「あれからどうにか持ち直してな。無事返済はできた」

壇ノ浦家のリビングで祖父と孫はだらだらとテレビを見ていた。

「だったらいいんだけど、私の結構な時間が稽古で取られてましてねぇ。埋め合わせがどうとか言ってたような気がするんだけど？」

「いやそりゃぁ……月謝は丸々お前にやるからそれでいいだろうが」

「そういう問題なのかなぁ？」

「いや、その、あれだ、ほれ。何かあったら俺が手助けするからよ。とりあえず貸しだと思っといてくれよ」

「まあいいけど」

最近では知千佳も福良との稽古が楽しみになってきていた。福良は壇ノ浦一族の身体でこそないが、身体能力はほどほどにあるし、何より聡明で覚えがいい。

教えたことはどんどんと吸収していくので、次々に技を伝授したくなってくるのだ。

「おい。これ、近くの小学校じゃねぇのか？」

知千佳がテレビを見てみると、そこには空撮されたどこかの学校が映し出されていた。

『今日午後、H県星辰《せいしん》市の○○小学校に刃物を持った男が……』

夕方のニュース番組のようで、不審者の小学校侵入が取り上げられていた。

「え？　これってまさか福良ちゃんの？」

知千佳は思わず時計を見上げた。いつもならとっくに福良がやってきている時間だった。もしや何かあったのではと不安がよぎる。

「さあ。どうだったかな。極楽天のじじいに訊いてみるか」

「私も――」

知千佳は福良の携帯に電話をかけようとしたが、そこでチャイムが聞こえてきた。知千佳が慌てて門まで行くと、福良がいつものように立っていた。

「よかったぁ。もしかして福良ちゃんの学校で何かあったのかと思ったよ」

「はい、事件があったのです。それで少し遅くなりました」

「え？　不審者が来たってやつ？」

「そうです。それはうちの学校の話です」

「大丈夫だったの!?」

「はい、さっそく壇ノ浦流が役に立ちました！」

福良が放課後に教室でクラブ活動をしていると、刃物を持った男がやってきた。

福良は即座に五百円玉を投擲して両目を潰し、男が完全に動かなくなるまで椅子や机を投げつけ、先生や友達と共に悠々と逃げ出して警察に連絡したとのことだ。

何が目的だったのかは捜査の進展があるまでわからないが、学校の設備や児童に被害は出ていないらしい。

「学校内を想定して、机とか椅子の投げ方を教えといたのが功を奏した……？」

「その男の人が持っていたのはサバイバルナイフらしいのですが、日本刀に比べれば全然怖くなかったです」

「そりゃそうだけどね！」

最近の福良は与志元をまったく怖がらなくなったので、次の段階として日本刀やモデルガンを装備した与志元に脅させていた。

「あれだけやって死ななかったそうですので、人って案外丈夫なんですね。油断できないです」

福良が天使のような顔で微笑む。

知千佳は、とんでもないモンスターを育てているような気がしてきたが、そんな不安は胸の奥に押し込めた。

何にしろ小学生を襲うような奴が悪いし、壇ノ浦流が一人の小学生を救ったのだからそれでいいのだろう。

知千佳は、そう思い込むことにした。

あとがき

12巻です。私のこれまでの刊行記録をどんどん更新しているのですが、もうちょっとだけ更新できそうです。

実は10巻前後での完結を想定していて、12巻にもなればそろそろ終わりだろうと思っていました。書籍というものは作者が出したいから無限に出せるわけではなくて、様々な事情の元に続きを出せるかが決まるわけで、そういった諸々《もろもろ》を勘案した結果これぐらいで終わるように考えておくのがいいのだろうと思っていたのです。

ですが、ありがたいことにもうちょっと出してもいいという話になりまして、それでしたらもう少し余裕を持った展開でもいいだろうということで、あと少し続くことになりました。

とはいえ、展開自体は終盤ですので、そろそろ終わることには違いがありません。もうしばらくお付き合いくだされば幸いです。

そういえば、しばらく前にシリーズ累計で八十五万部になったということでした。一冊で百万部を超えるような作品と比べればたいしたことがないように思えますが、昨今の出版事情から考えるとこれでも結構すごいことなのではないでしょうか？

ここまでくれば、シリーズ累計でいいので百万部という夢の数字はぜひ見てみたいものです！

では謝辞です。

担当編集様。毎回ありがとうございます。今回はスケジュールとしてはそれほど無理なことにはなっていないと思うのですが……。

イラスト担当の成瀬《なるせ》ちさと先生。いつも素晴らしいイラストをありがとうございます。先生のスケジュールはそれほど変わっていない気もしますが、毎回ご無理をさせている感じで本当にすみません。

次は13巻ということで、完結までよろしくお願いいたします！

藤孝《ふじたか》　剛志《つよし》

この世界には
クリスマス的なものは
持ちこまれて
いないのかな?

こんにちは、イラスト担当の成瀬ちさとです。

即死チートの挿絵はあとで「え、あのキャラがまさかまた出てきて
こんなに活躍するなんて……？（震え）」というキャラが多いんですが
（藤孝先生の脳内ではちゃんと予定が組み込まれているのかも
しれませんが（笑））、
今回もアティラとエーデルガルド（こちらはコミカライズの
納都先生がデザイン）がまさにそれでした。

最初のころは「結構デザイン頑張ったのにこれっきりの登場かぁ」
と思ってたのに、今では1回で退場にならないのはうれしいような、
「え、まさか君とまた顔を合わせるなんて……」
という気持ち半々というか……だいぶ染まってきています。

ちなみに、先に育てていたパクチーは
ハダニとアブラムシの楽園と化しました。
（カバーコメントの続き）

成瀬ちさと

即死チートが最強すぎて、異世界のやつらがまるで相手にならないんですが。12

発行 ―――――――― 2021年12月15日　初版第1刷発行

著者 ―――――――― 藤孝剛志

イラストレーター ―――― 成瀬ちさと

装丁デザイン ―――――― 山上陽一（ARTEN）

発行者 ――――――― 幕内和博

編集 ―――――――― 半澤三智丸

発行所 ――――――― 株式会社アース・スター エンターテイメント
〒141-0021　東京都品川区上大崎 3-1-1
目黒セントラルスクエア　7F
TEL：03-5561-7630
FAX：03-5561-7632
https://www.es-novel.jp/

印刷・製本 ―――――― 図書印刷株式会社

ISBN 978-4-8030-1595-9